D0943221

# EL SUEÑO DE
# BORGES

BLANCA RIESTRA

# EL SUEÑO DE
# BORGES

XXVII PREMIO TIGRE JUAN

algaida

La novela *El sueño de Borges*, de Blanca Riestra, resultó ganadora del XXVII Premio Tigre Juan, que fue convocado por el Excmo. Ayuntamiento de Oviedo

Fotografía del autor:
Rédouane Bourahi

© Blanca Riestra, 2005
© Algaida Editores, 2005
Avda. San Francisco Javier 22
41018 Sevilla
Teléfono 95 465 23 11. Telefax 95 465 62 54
e-mail: algaida@algaida.es
ISBN: 84-8433-928-9
Producción: Grupo Anaya
Depósito legal: M-20649-2005
Impresión: Huertas A.G.

# ÍNDICE

PRIMERA JORNADA . . . . . . . . . . . . . . . . . . . . . . . . . . . . 23

SEGUNDA JORNADA . . . . . . . . . . . . . . . . . . . . . . . . . . . 81

TERCERA JORNADA . . . . . . . . . . . . . . . . . . . . . . . . . . . 139

CUARTA JORNADA . . . . . . . . . . . . . . . . . . . . . . . . . . . . 169

QUINTA JORNADA . . . . . . . . . . . . . . . . . . . . . . . . . . . . 217

*A Marucha Losada Trulock, que me leyó mi primer libro.*

*A Javier Riestra del Moral, que me habló de las estrellas.*

*Me voy muriendo cada día y lo reconozco. Pero mientras me tienen ocupado los constantes derroteros de las estrellas, no pisan mis pies la tierra sino que ante Zeus me alimento de néctar, de divina ambrosía.*

PTOLOMEO (citado por JOHANNES KEPLER en *Harmonicis Mundi)*

UN AÑO ANTES DE SU MUERTE, JORGE LUIS BORGES ME mandó llamar. Yo no era, por entonces, más que un pobre lector de español en la universidad de Harvard, donde el elefante sagrado dictaba sus últimas lecciones.

Había pasado más de una década desde que Borges se había encontrado consigo mismo, adolescente, sentado en un banco, junto al río a Charles, en estos mismo parajes del norte de Boston. De aquella aventura melancólica quedaba un cuento, «El otro», y un libro de conferencias olvidadas.

Yo lo veía pasear de vez en cuando, guiado por un enfermero, por una dama muy elegante o por su chófer. Una tarde, contemplándolo a través de la ventana de la biblioteca, recordé aquellos versos de Víctor Hugo que él había citado alguna vez: *«L' hidre —univers tordant son corps écaillé d'astres».*

Apenas habíamos cruzado unas palabras —cortesías— en dos ocasiones: la primera, el día en que fuimos presentados; la segunda, en una de las reuniones del departamento de literatura. Las dos veces me sonrió. Había preguntado mi nombre, lo recuerdo. Mi nombre.

Entonces, no supe más que maquillar mi turbación con malhumor. Y es que, ¿por qué habría el gran Borges de interesarse por mí? Yo era un ser mediocre, embarrancado desde hacía años en una tesis sin futuro. Pasaba mis días en los corredores de la universidad o dormitando en la biblioteca, cerca de la calefacción como un mendigo.

Sólo los viernes me permitía visitar el pub del pueblo donde los Gratefull Deads resuenan día y noche, concéntricos y tristes. Allí, acodado sobre una de las mesas más oscuras, casi siempre solo, vaciaba pintas y pintas hasta perder el sentido...

A menudo, tras las clases, regresaba caminando desde el college. No tenía prisa en llegar a mi diminuta habitación de Oaks Park, donde sólo me esperaban un hornillo y la cama sin hacer y aquel cartel de Keats, a quien yo suponía cercano a Alister Crowley en el Londres decadente de principios de siglo. Y la soledad.

A Borges la vejez lo había reducido a su mínima expresión. Paseando por las avenidas otoñales, sostenido por el brazo firme de su chófer, parecía un minotauro ciego y desvalido.

Y aun así, cuando me mandó llamar, sentí que había un error. Hubiese preferido hacerme el sueco y continuar, echado en la cama, leyendo poemas de otro, mientras la vida sucedía en otra parte, mientras los estudiantes de primer año montaban bullicio en el pasillo de actividades comunes. Pero tomé la nota («Lo espero, venga en cuanto pueda») que me tendía el conserje, escrita con caligrafía picuda y probé suerte.

Estaba trémulo como una hoja cuando me presenté en su casa. Aquel día, yo iba vestido con mi mejor camisa y mi mejor terno y no sabía qué hacer con las manos.

Recuerdo que el timbre resonó a través de la doble puerta con gatera. El jardín era ínfimo y oscuro, sembrado de petunias. Recuerdo que las persianas estaban entornadas. Supuse que dentro reinaría un silencio azul de mausoleo.

Fanny, el ama de llaves, acudió a recibirme. Era una mujer de edad indefinida, que quizás, en algún tiempo pasado, había sido hermosa. Me contempló de arriba abajo con desconfianza. Debía de estar sobre aviso porque, enseguida, me condujo hasta el salón donde Borges descansaba en la penumbra.

Me habían hablado de su proverbial amabilidad pero, por un momento, tuve miedo de parecer servil y mi voz se proyectó teñida de rudeza.

—Señor —le dije.

—Gracias por venir. Puede sentarse, si lo desea.

Lucía un ademán muy extraño, una mezcla de feminidad y de ternura que me pareció enseguida ligada a su ceguera. Parecía estar diciendo sin palabras: «No se preocupe. He dejado de mirar por un instante, ¡me resultaba tan molesto, si supiera…!».

—Se preguntará —empezó y percibí algo de timidez en su voz suave— por qué le he pedido que venga. Apenas nos conocemos.

—Es cierto.

Dejó pasar unos segundos. Luego volvió a hablar y yo me dije que sus labios se movían como los labios de un histrión.

—Apenas nos conocemos y, sin embargo —añadió—, usted me inspira simpatía.

Me removí en la silla. Borges pareció mirarme y por un instante tuve la sensación de que me penetraba con sus ojos, lo cual, ahora que lo pienso, es imposible (si la vista es vista, y no otra cualidad inherente al intelecto…).

Dijo:

—Creo que estudia usted a Keats ¿o era a Yeats?

—A Keats.

—Me alegro —suspiró y me pareció que sonreía—. Me gusta mucho Keats. Bueno, a mi difunto padre le gustaba mucho Keats. Recuerdo a menudo su voz recitándome un poema suyo: «Sentí entonces lo mismo que el vigía que observa el firmamento y ve de pronto un nuevo astro…».

—Ya —asentí, con algo de fatiga—. Se refiere a «*On first looking into Chapman's Homer*».

—¿Ve? Eso es lo que quería decir cuando le hablé de que usted me conviene. No se azore. Quizás le resulte extraño todo, pero mis circunstancias actuales son un tanto especiales… —Borges se expresaba con morosidad—. No, no le hablo de la ceguera progresiva, eso no es nada, eso es incluso conveniente. Es, ¿cómo diría yo?, como asistir a un largo atardecer de verano… Bueno, a veces resulta una lata, no voy a mentirle. Necesito siempre a alguien que me ayude. Y eso es una verdadera pesadez. Sobre todo en lo que se refiere a la lectura… ¡Fíjese que por mi casa de la calle Maipú han pasado lectores de todo género y edad!

Carraspeó, tratando de retomar el hilo de la reflexión.

—Ahora, por ejemplo, busco a alguien que me ayude en lo que quizás sea mi última tarea. Por eso le he mandado llamar.

Parecía como si cada una de sus palabras hubiese de vencer cientos de resistencias invisibles. Creo que temía incomodarme.

—Me resulta un tanto impúdico hablarle como le hablo, así de buenas a primeras, pero sé que mi tiempo está contado. Y debo darme prisa. Mi hígado funciona con dificultad y noto cómo mi corazón se detiene a menudo y parece querer escapar de mi pecho como un pájaro... Fíjese que la única certeza que persiste en mí ahora es el cansancio. El resto no son más que conjeturas.

—Nadie sabe de qué está hecho el futuro —tercié yo con poco convencimiento.

Borges asintió con la cabeza ladeada.

—Sí, no se equivoca, pero los viejos presentimos nuestra salida por el foro, como quien dice, y lo más curioso es que, a veces, esto ni siquiera nos inquieta. Más bien nos alivia.

Traté de buscar alguna réplica pero no encontré más que vacío.

—Seré rápido e indoloro. No se inquiete —sus manos aleteaban y algo semejante a la determinación envolvió el rostro diminuto—. Le diré qué es lo que quiero pedirle.

(En verdad, si en aquel momento Borges me hubiese requerido para realizar un crimen, por abominable que fuese, yo me hubiese sentido orgulloso de acceder. Pero él no lo sabía.)

—Se trata de la transcripción de un sueño. De un largo sueño. Un sueño intrincado y barroco que me visita incluso cuando estoy en vela. Uno de esos fantasmas alados. Creo que se llaman sueños diurnos.

Se revolvió de nuevo.

—No crea que no lo he intentado ya todo. Acudo a usted en última instancia. Mi propia esposa ha tratado de ayudarme… Pero, su espíritu maternal (María se ha convertido en más madre que mi propia madre) ha terminado por paralizar sine die nuestro trabajo. Ella teme que la escritura de esta novela, mi primera y última novela, me agote, y precipite el desenlace.

—¿No me diga que quiere escribir una novela? ¿A estas alturas? —masculló.

Borges ahogó la risa. Parecía encontrarme francamente hilarante.

—… Sí, ¿por qué no?

—Bueno —balbucí azorado—, creí que abominaba del género. Si quiere que le sea sincero, yo mismo abomino del género.

—Pues hace usted mal. Los géneros no son más que cajones donde las señoras guardan retales coloreados y cuentas transparentes. Quizás no lo entienda todavía, pero escribir una novela es algo que he de hacer si deseo recibir a la Parca con la cabeza bien erguida. Mi Parca no es como las otras, desmelenada y frívola, aficionada al minué. Mi Parca lleva en la mano una lista de exigencias. Y me temo que será despiadada si no cumplo con mi destino.

Hubo un silencio

—Alguien debe de ayudarme a transcribir este sueño.

—Pero ¿por qué yo? —pregunté.

Borges vaciló.

—Digamos que un joven que conocí antaño hubiese simpatizado con usted. Él era más atildado que usted pero también amaba a Dostoievski, creía en la fraternidad de los hombres y veneraba a Keats y a Lautréamont.

Tragué saliva.

—Sí, quizás yo no sea más que un viejo fantasioso, indigestado de quimeras. Quizás dé importancia a aquello que no la tiene. A veces pienso que quizás los sueños, ese magma dulce, no sean más que reacciones eléctricas del cuerpo dormido, secreciones del alma cansada, retazos arrancados al azaroso continuo del día, hilvanados al tuntún. ¿A qué hacerles tanto caso? Y sin embargo...

—Pero —respondí yo, acalorado— ¿y si los sueños fuesen páginas de libros ya escritos, purgados, quemados, perdidos, olvidados? ¿O acaso Borges ha dejado de creer que este mundo es una gigantesca biblioteca?

Borges sonrió entonces abiertamente.

—Ah, ya veo que ha leído algunas de mis tonterías. No hay que tomárselo todo tan en serio, amigo mío. Yo también dije que ningún libro era indispensable, puesto que en cada libro están todos los libros.

—...

—Ah, veo que eso le hace menos gracia. No se asuste. No soy un impostor. Es sólo que aún percibo los perfiles y las sombras y el color amarillo y el movimiento de los cuerpos en la realidad sensible...

—¿Insinúa, pues, que todo lo que ha dicho en sus libros no son más que tonterías? —masculleé. Estaba empezando a sentirme incómodo.

—No. Todo no. Sigo pensando que el vector de la vida humana es la búsqueda de sentido...

—¿La búsqueda de sentido?

— Por ejemplo: no sé si sabe usted de la existencia de un matemático alemán, ¿Cuál era su nombre? —pareció buscar la respuesta en el techo de la habitación—. Ah, sí. Se llamaba Ludolph Van Ceulen y vivió entre 1540 y 1610. Pues este hombre pidió ni más ni menos que, como epitafio, inscribiesen en su lápida las treinta y cinco cifras del número pi que él mismo había, larga, trabajosamente, calculado. Tanto es así que los alemanes llaman a Pi el número ludolphiano ¿no le parece hermoso?

En la habitación, por un instante, se escuchó mi respiración y la respiración del minotauro. Pasaron un minuto o dos.

—Claro que, a veces, el objeto de nuestra pasión puede velarse, darnos esquinazo. Este fue el caso de un infortunado seguidor de Van Ceulen, William Shanks, matemático inglés, que dedicó veinte años de su vida a la obtención de nada menos que 707 decimales de pi.

—Muchos más que Ceulen.

—En efecto. El problema fue que en 1945 se descubrió que había cometido un error en el decimal 528.

—No puede ser. Eso quiere decir que, a partir de este decimal, todo los otros resultaban incorrectos.

—Sí, pero, dígame, ¿acaso eso importa?

—Para las matemáticas, indudablemente, sí.

—Yo no creo que importe, ni siquiera para las matemáticas. Recuerde el principio de entropía. Estamos dominados por el azar que no es otra cosa que el error. Y yo amo el error, amigo mío.

Me quedé en suspenso. Allá fuera, en aquella tarde de domingo de Nueva Inglaterra, las jovencitas se emborrachaban en el centro de Cambridge o jugaban a los dardos en un bar del extrarradio.

—Si quiere, empezaremos ahora mismo. Veo que asiente. Estupendo. En esa mesita encontrará una máquina de escribir. Junto al velador. Encienda la lámpara, si lo desea. Como ve, estamos en la casa de un ciego. Yo ya no necesito de más luz que la de mi memoria. Póngase cómodo y escúcheme. La historia es larga y el tiempo breve. Trabajaremos hasta que usted se canse o mi voz vacile.

Hice como me dijo.

—¿Sabe? En una época, yo también amaba como usted los atardeceres y los arrabales, aunque ahora me vea confinado a las mañanas del centro...

*Yo, Jorge Luis Borges, desde que tengo uso de razón me recuerdo releyendo una y mil veces la primera página de un libro que empieza así:*

*«Todavía hoy, cada noche a las cinco, Franz Kafka vuelve a su casa de la calle Celetná (Zeltergasse), con bombín, vestido de negro.»*

*Digamos que Praga siempre ha vivido en mi interior. Praga era como la metáfora de algo, un cúmulo de calles mal iluminadas por farolas de gas y un gueto negro y una catedral acuchillando el cielo y el castillo en la colina lleno de ratas. Por eso, cuando visité Praga en 1950 no reconocí más que el trazado del mapa, porque lo llevaba dentro como un sueño repetido mil veces: pero ya nadie estaba allí.*

*Recuerdo que, aquel año, regresé a Madrid abatido tras cinco días de vagabundeo infructuoso. No había encontrado la huella de Rodolfo. El gabinete de las maravillas, los fetos tremebundos, el olor de los buñuelos fritos, el Clementinum, la sombra de la biblioteca jesuítica: todo era poco para mí.*

*Desde entonces, y ya han pasado muchos años, mi vida no ha sido más que una manera de reconstruir recuerdos ajenos, no vividos. Porque ya se sabe que aquello que ha dejado de existir, al igual que todo lo que nunca ha existido, sólo puede encontrarse en los libros.*

*Busqué mis recuerdos por todas partes como quien busca una llave extraviada o un sombrero que el viento nos robó. He consultado cientos de volúmenes, tratados del tres al cuarto, fábulas poéticas, epistolarios perdidos... Pero, finalmente, sólo cuatro fuentes han resultado productivas. De ellas y de mi imaginación calenturienta extraigo toda la información que sigue: a saber,* La aventura de John Dee *de Eliphas Levi,* La razón metafísica *de Juan Larrea,* Espectros lunares y vivencias *de Marcus Marci y por último el epistolario de Atanasius Kircher.*

# PRIMERA JORNADA

# I

*E*SCUCHE. *MI SUEÑO EMPIEZA UN DÍA DE PRIMAVERA EN la ciudad de Praga.*

*Un poeta hubiese dicho que la ciudad es una caja de música y que el aire parece peinado por multitud de hilos resplandecientes. Pero yo no soy poeta, yo ya no soy Borges sino el doctor Marcus Marci, ilustre rector de la universidad de Carlos. Estamos en 1665. Y el doctor Marci es austero, sólo se dice: «Otra primavera: la bondad del Señor es infinita.»*

*El mes de abril se abre como una flor bajo la luz de la mañana. La luz de Praga es una luz distinta a todas las otras luces. Es una luz metafísica y picante.*

*Marci lleva treinta años celebrando la llegada del sol a la ciudad con un paseo por el cementerio judío y a estas alturas se le antojaría inútil abandonar tal práctica. Es mediodía y el Moldava resplandece. A estas horas sólo es posible encontrar, en este laberinto de lápidas y maleza, a un mendigo soñoliento y a alguna criada enamorada. Respiro profundamente y mi pecho se dilata. Amo el olor del barro y de la cizaña florecida, el aroma del saúco y el zumbido de los moscardones.*

*Qué mañana. Marci se apoya sobre dos lápidas unidas. La isla de Kampa resplandece como una corona de diamantes adornada por mil niños. Y sin embargo —piensa—, todo, a pesar de su brillo obsceno, parece un poco más tibio y más borroso en la ciudad mágica.*

*Cierra los ojos. Marci sabe que al anochecer el camposanto sigue llenándose de maleantes, de prostitutas, de fuegos fatuos, de ratas de alcantarilla, de brujas desdentadas, que los cosechadores de hierbajos y huesos de la ciudad cucaña siguen saliendo de sus ratoneras para llevar a cabo extraños rituales, igual que en la época de Rodolfo, antes de que la guerra de los Treinta Años asolase media Europa.*

*Está cansado. Él siempre ha sido un hombre correcto, con un gusto marcado por la justicia. Y sin embargo ahora… Lleva unos días durmiendo mal. Sueña con el jinete de la guadaña y con el castigo del pecado. Debe de estar haciéndose viejo.*

*Marcus Marci se deja ir como un barco mecido por las aguas, y se adormece cinco minutos, diez, hasta que una voz ronca lo despierta. Canta la historia de una muchacha judía y de un joven cristiano desgarrados por la muerte el mismo día de su desposorio, en tiempos del rey Wenceslao.*

*«Tú me olvidarás como se olvida un sueño —canta Jemima—. Acuérdate del saúco.»*

*Marcus Marci se endereza, abre los ojos y vislumbra frente a él a un anciano alto, con el largo pelo blanco atado en la nuca. Recuerda haberlo visto ya otras veces limpiando los caminos y las cárcavas con un rastrillo.*

*—¿Disculpe? —pregunta Marci algo incómodo levantándose.*

*—¿Sí?*

*El enterrador es un hombre encorvado con un enorme rostro de máscara. Camina con dificultad sobre unos zapatos como cabezas, desgarrados por las puntas. Al ver a Marci, ensaya un ademán extraño. Sus manos hacen tintinear los fajos de llaves, la quincalla.*

—*Espere* —*el enterrador manotea aferrado a su rastrillo largo. Sólo tarda unos minutos en rescatar de las profundidades de su manto la dentadura refulgente. Aquella joya de boca no ha de ser sino otro de los restos del botín del gran Rodolfo, junto con las piedras de bezoar, los cuernos de unicornio, la silueta del demonio esculpida sobre el hielo y el légamo del que Dios extrajo el pobre cuerpo de nuestro padre Adán.*

*El enterrador escupe en su mano y abrillanta los dientes postizos. Sonríe con la boca ciega y luego engulle la joya que perteneció a un conde o a un letrado muertos de melancolía hace cien años. Dice:*

—*Estaba usted dormitando sobre los huesos de un bocherim del rabí Loew, el sabio judío más apreciado de su época. Aquel de cuyas manos salió aquella famosa criatura a la que luego llamaron Golem, es decir, «grumo».*

—*¿El Golem?*

—*Por supuesto. Y es que el Golem existió. Yo jugué con él de niño, antes de que su dueño decidiese destruirlo borrándole de la frente la primera letra de la palabra* emet, *que quiere decir «verdad», transformándola así en la palabra* met *que quiere decir «muerte» o quitándole de la boca la palabra* schem, *que quiere decir «Dios».*

—*¿Conoció al Golem?*

—*Sí, era un hombretón desgarbado y algo bobo, con rasgos amarillentos y gruesas manazas. Los niños nos reíamos de él, nos aprovechábamos de su infinita bondad, de su paciencia y jugábamos a cabalgar sobre sus hombros. Lo insultábamos también por su tamaño. Era como nosotros pero estaba malhecho. Qué quiere* —*se rió*—. *Nosotros ignorábamos* que Jossile Golem no era otra cosa que una criatura concebida por el rabí Loew para defender el barrio quinto de los progroms orquestados por ciertos curas.

»No ponga ese semblante, excelencia —me dice—. No digo yo que todos ustedes sean de la misma cuerda. Me viene a la cabeza, en este mismo instante, la historia de un curita que está ahí enterrado —el viejo levantó el rastrillo y señaló una lápida a unos diez metros.

»Dicen que yace ahí, bajo esa losa donde aún puede distinguirse el dibujo de una mujer rodeada por dos gallos. Y es que fue uno de los muchos conversos del judaísmo que llevaron una vida piadosa, irreprochable, al abrigo de la santa iglesia católica, para después, en los umbrales de la muerte, renunciar a los privilegios obtenidos.

»Quiso que lo enterraran aquí, en el cementerio del gueto, junto a la mujer que había amado en su juventud: una hebrea. La leyenda dice que su pobre espíritu condenado atraviesa todas las noches en barca las aguas del Moldava para tocar salmos de penitencia en la catedral de San Vito.

»Y es que ¿acaso hay algo más sagrado que el amor? Ya lo decía Jemima: "Acuérdate del saúco. No me olvides". O San Pablo: "Si no tienes amor, tu corazón es como una campana sin badajo".

»No se levante, no se vaya, vuecencia —me dice el viejo—. Déjeme que le cuente algo. Yo no creo que ustedes los católicos sean todos malos. Fui, por ejemplo, muy amigo del padre Pistorius, el nuncio del Papa, que era consejero del emperador Rodolfo.

»Aquel Pistorius fue verdaderamente un hombre bueno, alto y bien parecido, de cabello gris. Lo trajeron a Praga en la época aquella en que se dijo tanto que el emperador estaba

*endemoniado, que sus servidores o sus amantes lo tenían suje-*
*to, justo cuando la Santa Sede empezaba a desesperar, justo*
*después de que Rodolfo quisiese expulsar a los capuchinos por-*
*que le traían recuerdos de maceraciones y cilicios.*

*»Lo recuerdo muy bien porque por entonces toda la ciu-*
*dad se agitaba como una hoja, teníamos miedo. La gente se*
*preguntaba qué vendría tras Rodolfo, que nos depararía el por-*
*venir, porque aquel rey loco era nuestro protector y temíamos*
*que, sin él, todos los perros de Europa caerían sobre nuestra*
*madrecita Bohemia, como hicieron luego, para desgarrarla con*
*sus dientes sucios.*

*»Yo, excelencia, apenas tenía diecisiete años cuando suce-*
*dieron los extraños acontecimientos de finales de 1609.»*

## II

SIÉNTESE, DÉJEME QUE LE CUENTE LO QUE RECUERDO. Mi padre, Pavel Zounek, había sido zapatero remendón toda su vida. Pero al sentir la cercanía de la vejez deseó consagrar más tiempo a las actividades alquímicas, descansando en mí la mayor parte del trabajo del taller. Cosíamos y remendábamos para el Castillo y con ello íbamos tirando.

Y aunque yo cosía como los mismos ángeles, sentado sobre mi escabel de zapatero, mis ambiciones volaban como gavilanes. Buen estudiante, palabrero y soñador, desde hacía muchos años soñaba con entrar en el *collegium* imperial de poetas, aquel en el que había despuntado hacía ya años la excelente Isabel Weston, Westoniana, aquella poeta católica inglesa que había pedido refugio en la corte de Rodolfo, tras la muerte de la Estuardo.

Mi padre, utraquista convencido y hermano moravo, era el único artesano protestante del barrio judío. Amaba las Santas Escrituras pero conocía la Cábala al dedillo. Y decía, como Anaxágoras, que «todo está en todo».

Había sido íntimo de rabí Loew. Se dijo que había participado, incluso, en la destrucción del Golem, sucedida un viernes por la noche. Pero él lo negó siempre, hasta en su lecho de muerte.

Ya conoce la historia: cuando llamaron al rabino, éste recitaba el salmo sesenta y dos en la sinagoga vieja nueva. «José Golem ha enloquecido», le dijeron. Afortunadamente aún no era medianoche. Pues la Ley, que prohíbe cualquier tipo de actividad en sábado, le hubiera impedido realizar la aniquilación del Golem loco. Y ¿quién sabe? Quizás la ciudad de Praga, borrada de un plumazo por su ira, hubiese desaparecido para siempre de la faz de la tierra. Tanto mejor. Nos hubiésemos ahorrado multitud de sufrimientos. ¿Adónde van las ciudades cuando desaparecen? ¿Pasan a formar parte de otro mapa en otro mundo junto con Nínive, Gomorra, junto con la Atlántida sumergida? Lo ignoro.

Loew llamó a un par de vecinos para que lo ayudasen. Ya sabe, el procedimiento es simple, hay que quitarle el *schem* al engendro de la boca y luego repetir todos los gestos creadores, formulas y rotaciones a la inversa. Dicen que fue mi pobre padre quien, habiéndose trabucado en la pronunciación del alfabeto invertido, casi nos sepulta a todos en medio del barro pues a este le dio por crecer como si llevase levadura.

Pero el Golem volvió a ser lo que era, un grumo de tierra húmeda dentro de una caja en un desván. Desde entonces, periódicamente, corren rumores de que José Golem ha vuelto.

Qué de recuerdos. De niño yo jugaba en las callejuelas, junto a la sinagoga con los nietos del rabí. Recuerdo que el día en que murió el santo hombre se rompieron de una en una todas las esferas de los relojes de la ciudad de Praga.

Y es que rabí Loew consiguió escapar de la muerte hasta edad muy avanzada. Dicen que había fabricado un artefacto mecánico que sonaba como un despertador cada vez que la muerte, vestida de vendedor ambulante, de pescadera, de caballero o de mendigo, se acercaba. Y el ingenio funcionó.

Pasaron muchos años. Pero un día la familia se presentó en casa del rabino para festejar su cumpleaños. El anciano estaba tan emocionado que olvidó su reloj contra la muerte en el despacho. ¡Se sentía tan feliz de haber llegado a una edad tan venerable! Allí estaban todos sus hijos y sus nueras y los hijos de sus hijos.

La más joven de sus nietas traía para él una hermosa rosa roja.

—Abuelo, es para ti —le dijo.

Y el rabino sonrió al ver al último retoño de su sangre. Y cuando inclinó su trémula cabeza gozosa para aspirar el olor de la corola, cayó fulminado por la muerte.

Y es que la muerte venía disimulada entre los pétalos. Él nunca lo supo, pero quizás era aquella gota de rocío que temblaba solitaria, ¿quién lo sabe?

Lo enterraron con pompas y honores, ahí mismo. A los dos lados de su tumba yacen aún treinta y tres de sus estudiantes favoritos.

Figúrese. Aquella niña fue, con tan solo diez años, mensajera de la muerte. Ella también murió joven. La enterraron en una tumba pequeñita al otro extremo del cementerio bajo una mata de mimosas.

Recuerdo que, cuando murió, alguien dijo: «Se la llevó Rodolfo».

Ocurría siempre así: «Que viene Rodolfo», nos amenazaban las abuelas.

Y hasta las canciones populares achacaban a Rodolfo la caída de las hojas y la llegada irremisible del verano.

# III

YO ERA COMO ESOS MOZOS QUE CRECEN SOÑANDO CON batallas. No conseguía comprender por qué las hembras exhalaban ese olor agrio y perfumado. Crecí fuerte y bien parecido. Mire mi cuerpo ahora, hinchado, nudoso, enfermo. Ésa es la gran lección que nos da la vida. De nada sirve la gallardía frente al tiempo. Yo era, entonces, un joven rubio y ambicioso. Mentía con frecuencia sin que mi respiración experimentase alteraciones ni se coloerase mi semblante puro.

¡Cuántas doncellas seduje en este mismísimo camposanto! Las conducía con arrumacos, prometiéndoles una vida regalada. Construía para ellas edificios frágiles y delicados de fábulas e historias y luego, una vez abierto el corpiño, me gustaba ir dejando caer las certezas una a una.

No se santigüe, señor mío. Todos somos criaturas de Dios, hasta los potros. Compréndame, yo era un chiquillo solitario crecido en un ambiente oscuro. Ignoraba yo entonces que pronto la oscuridad se convertiría en negritud como la sangre hervida o la brea fermentada. Ignoraba que nuestras vidas se ven sometidas al mismo devenir que los metales.

Amaba la belleza, amaba los cuerpos, las hermosas palabras. Soñaba con ser un hombre poderoso, con amar muchas mujeres y con entregar mi cuerpo exhausto al sacrificio.

Esta última posibilidad se me presentaría pronto. La Providencia iba a satisfacer mis deseos largamente.

# IV

MI PADRE HABÍA HEREDADO ALGUNOS LIBROS DE fórmulas del rabí Loew y, gracias a sus alambiques y a un trabajo agotador de purgas y purificaciones, había conseguido acuñar media docena de monedas de oro alquímico muy puro.

Aunque nunca me lo confió, yo siempre supe que las guardaba en su armario de los secretos junto con algunos manuales de alquimia y algunos libros de religión prohibidos.

A menudo recibía visitas de la corte. Pajes y estudiantes. Una vez vino a verlo un inglés acompañado de un niño pelirrojo muy pequeño. Yo por entonces no lo sabía pero aquel inglés era John Dee, uno de los magos favoritos de Rodolfo, el mismo que había decidido el día fausto para la coronación de la reina Elizabeth, aquel que reformó su calendario, el astrólogo que comerciaba con espíritus malignos, haciéndolos salir de vasos de agua, aquel que supo fabricar espejos ardientes y bolas de cristal parlantes.

Compró varias raíces de mandrágora. Mi padre las guardaba siempre vestidas como personas y acostadas en varias camitas dentro de un armario cerrado a cal y canto.

Por entonces, Tico Brahe llevaba ya diez años muerto. Yo nunca llegué a conocer al ilustre danés. Sardus, el chalán de la calle del Carnero, llevaba, en un medallón, sobre el pecho, no la efigie de un santo ni el mechón de la amada muerta, sino una miniatura de Tico con aquella nariz de oro que le daba aspecto de fantoche. De niño, cada vez que le devolvía los escarpines remendados o las botas de piel de oso, el chalán me mostraba su cadena para encarecerme: «Aquel sí que era un sabio y no el majadero de tu padre».

Yo asentía y me largaba corriendo sobre la nieve crujiente o abriendo los brazos extendidos bajo el sol de primavera o de verano.

# V

A LOS DOCE AÑOS EMPECÉ A FRECUENTAR LA REUNIÓN semanal de los Hermanos Moravos. Nos reuníamos en el ábside de una vieja iglesia campesina, leíamos la Biblia en checo y rezábamos juntos. Era inquietante escuchar las palabras de Jesús en nuestra lengua. Su mensaje parecía extrañamente cercano y violento. Sus palabras, mucho más apremiantes, cargadas de significado.

Los hermanos siempre acababan enzarzándose en largas discusiones políticas. Tenían miedo. Miedo a una nueva ofensiva de los papistas, miedo a perder todos los privilegios obtenidos.

Recuerdo que mi padre siempre colaboraba apaciguando los ánimos. Era un hombre manso de espíritu, como dicen las Escrituras.

Una vez a la semana se oficiaba una misa evangélica secreta en casa de Klaus Günter, no muy lejos de la plaza de la ciudad vieja. Todos comulgábamos *utraque,* en las dos especies, y aquel acto nos parecía osado y trascendente. Mi padre y yo regresábamos a casa, sumidos en una peregrina sensación de beatitud.

# VI

PERO, A LOS QUINCE AÑOS, MI PIEDAD ENTURBIADA, YO me sentía pecaminoso, sucio. Empecé entonces a leer libros soeces, a soñar con cuerpos y demonios. Aún era un niño y ya me emborrachaba en los figones para olvidar mi caída en picado y a menudo regresaba a casa dando tumbos. Entonces, arrepentidísimo, me daba por llorar imaginando éxtasis místicos.

Mi padre, bueno como era, quizás imaginase mi alma sometida por dudas o estrecheces propias del crecimiento. Sin embargo, jamás censuró mis correrías nocturnas, ni trató de impedir mis galanteos. Quizás creyese ingenuamente que aquel mal que me atenazaba era episódico, superficial, en ningún modo grave, que aquella herida curaría con el tiempo.

Pero mi herida se infectó y empezó a dar extraños frutos que me llevarían, como enseguida le contaré, a meterme en extrañas aventuras.

# VII

COMO MUCHOS OTROS POR ENTONCES, MI PADRE AMABA a Dios y a Rodolfo sobre todas las cosas. En su taller, encima del lagar, había dos estampas. La primera, el triángulo y el ojo, simbolizaba la providencia divina. La segunda representaba al emperador de los cristianos.

Rodolfo. No sé cuándo empecé a odiarlo. Desde mucho antes de ser consciente de mí mismo. Así la flecha se precipita ciegamente hacia la diana. Me veo aún niño y ya conspirando para matarlo. Lo imaginaba en su trono con una sonrisa blanda, abaneando la mano enguantada en cabritilla.

Yo quería *liberar* a mi pueblo. Me decía: «Seré como Bruto y Bohemia será libre». Empecé a coleccionar dagas de diferentes tamaños. Solía llevar una pequeña, de señora, junto al pecho. Era una daga muy fina y puntiaguda.

Soñaba con hundirla en el sagrado pecho y convertirme así en un héroe.

# VIII

FUE EN NOVIEMBRE DE 1608, LO RECUERDO. MI PADRE, agotado tal vez por mis insolencias, había decidido enviarme a estudiar a Ratisbona. Yo no era ni muy piadoso ni muy cabal, ya lo sabe. Pero un hilo invisible me ataba a Praga.

Mientras recomponía en la penumbra los botines de un alto dignatario, me dio por pensar que quizás fuese hora de levantar el vuelo.

Aquella tarde, lo recuerdo perfectamente, se presentó en la casa un caballero encapuchado. Caía del cielo un aguanieve pegajosa y las callejuelas estaban tan embarradas que hasta las ratas perecían engullidas por el cieno.

Desde mi rincón que iluminaba un candil muy débilmente, escuché un breve intercambio de cortesías en el rellano. El extraño hablaba con acento alemán. Pensé que quizás se tratase de un físico del país vecino.

Mi padre lo recibió respetuoso. Ambos bajaron por las escaleras y se encerraron en el taller. Yo cosía y pensaba: «Soy la muerte de Rodolfo. Si dejo Praga, penderá sobre mí para siempre el horror del deber incumplido».

El desconocido y mi padre no se demoraron mucho
tiempo. Enseguida escuché la voz del desconocido en el vestíbulo:

—Aquí se lo dejo.

No conseguí entender las palabras de mi padre. Pero
enseguida el otro respondió:

—Me haría un enorme favor.

# IX

PRAGA, PRAGA DE MI NIÑEZ, MUJER DESCARADA, LLENA de hematomas y de pobreza, ¿dónde estás? Yo tenía entonces diecisiete años y empezaba a sentir la llamada del nigredo. Porque ¿acaso no es nigredo el deseo de muerte?

Acostumbraba acudir a una de las tabernas más sucias y más depravadas del barrio judío, el llamado «Albergue del Campo de Armiño». Por desgracia ya no existe. Mathias lo mandó cerrar. Bonito nombre para un prostíbulo, ¿no le parece? Yo me sentía muy bien allí, entre cortinajes raídos de color púrpura y ratas que correteaban por el entarimado. Siempre había una mujer, madame Niní, que tocaba la pianola y grupos de comerciantes y de truhanes que jugaban al cinquillo con las putas.

Las putas parecían verdaderos pomos: gruesas, magulladas pero llenas de una alegría que no he vuelto a encontrar ni entre princesas.

Un día llegó una chica nueva, eslava, con los párpados azules y el talle estrecho. Se llamaba Anuska. Tenía mi edad y un diente roto. Nunca fui capaz de mirarla. Ni siquiera, por curiosidad, cuando los hombres le pagaban un vaso de licor. Sólo contaba el tiempo que transcurría lentísimo cuando entraba en las habitaciones traseras con alguno.

Yo buscaba a menudo la compañía de un mendigo muy flaco a quien todos llamaban Vilano. Un hombre circunspecto como siempre son los desheredados y los héroes. Bebía mucho. Y a mí —tan niño— me fascinaba su capacidad para ensartar en una frase un número interminable de improperios. Extraía de su bolsillo varios puñados de calderilla y los depositaba, como si fuesen puñados de arena, sobre la mesa. Luego iba ordenando los céntimos en torres, en montañas. Hablaba mucho y a veces cantaba —siempre coplas licenciosas— acompañándose de un laúd que traía bajo el manto.

«Bella alemana, súmeme de mieles, cariñito», empezaba una.

## X

LA PRIMERA NOCHE, ME INVITÓ A UN VASO DE CERVEZA, la segunda nos bebimos juntos tres botellas de vino. La tercera noche me dijo que había matado a un hombre. Yo estaba demasiado borracho para sentir admiración o miedo.

—Ah —repuse.

Tomé la costumbre de visitarlo por las mañanas a su lugar de trabajo en el pórtico de la iglesia de los Caballeros de Malta. Cuando no había nadie ojo avizor, él se atusaba el bonete y se venía conmigo de paseo.

En días buenos yo me sentaba a su lado en el atrio y escuchaba el repiqueteo de las monedas en el sombrajo. O nos repantingábamos al sol. Y él me contaba cómo había matado a aquel hombre, historias espantosas de países lejanos, de España o de Turquía, historias de tristes amores y de enamoradas crueles, de traiciones y de grandes riquezas y ordalías.

—Contempla el fondo de este vaso de cerveza, contempla el fondo de los ojos de una puta sola, contempla la hez de las heridas, la huella del horror y verás el rostro de Dios que te devuelve la mirada sin un solo parpadeo —me decía.

O bien:

—La belleza es una virtud del alma. No está en las cosas sino en la mirada del que mira.

Yo, la verdad, no le hacía mucho caso. Prefería quejarme o dejarme ir, fumando en su compañía tabaco barato. Por entonces me gustaba maldecir e insultar a los nobles, me gustaba ultrajar a las autoridades y renegar del mundo.

—Odio al emperador y a los reyes, y a Dios mismo. Cuando se vaya Rodolfo, quizás las cosas mejoren y Bohemia recupere la libertad.

—¿Tú crees?

—¿Por qué no? Los bohemios aman a Rodolfo igual que desahuciados, igual que esclavos. Mi padre, por ejemplo, daría por él su cuello al verdugo. A veces me asusta esa necesidad loca que tiene de amar al poderoso el ser humano. ¿Usted lo entiende?

—Es el mismo amor que la amada siente por la carne del amado. Y es que Rodolfo somos todos. Él es nuestro padrecito y nuestra madre y el alma de Prometeo entregado perpetuamente al pico de los buitres.

Los ojos del mendigo me contemplaban bondadosos, sonreían.

## XI

—*A* MIGO MÍO, *ASÍ SON LOS ENCUENTROS DE LA JUVENTUD,* *figuras legendarias y señales en el camino. Vila-* *no anunciaba que también nosotros enfermaría-* *mos de la enfermedad de Praga.*

—*¿Cuál es esa enfermedad, señor Zounek, a su parecer?* —*se interesó Marci pinzando la nariz, avergonzado.*

—*Pues ¿cuál ha de ser, pues? La enfermedad de Praga es la fantasía, señor mío. No es ni la magia negra ni la ambición ni la sangre de los muertos enterrados. Nuestra enfermedad es la fantasía que parasita las mentes y los cuerpos y crea rami-ficaciones y secreta historias.*

*Yo, Marcus Marci, asiento tímidamente.*

Pero déjeme que continúe. Mi padre ya llevaba una semana amartelado en la bodega. A mí, mi fiera juventud me conducía por la ciudad antigua con el furor de quien caza palabras, murciélagos, pájaros negros, añicos de espejo que destrozan la mano y la boca de quien se aferra.

Y de pronto tuve miedo. Soñaba con sombras embo-zadas en las esquinas de la plaza de María, tras los carros de heno y tras las puertas de los zaguanes y tras los campanarios y los pesados bueyes.

Espacié mis visitas a los burdeles y a las opacas Tanztavern, traté de abandonar aquellos caprichos para agradar a mi padre. Yo ya no deseaba partir a Ratisbona. La Praga rodolfina me tenía agarrado y bien agarrado por donde más duele. Frente a la estufa del taller, recordaba el rostro violáceo y la boca pintarrajeada de mi querida Anuska y me dio por pensar que quizás la joven putilla eslava me añorase, como añora la recién desposada a su señor. Y terminaba las veladas llorando amargamente.

En el taller de mi padre, aquellos días, se sucedían las explosiones, las exclamaciones, los gritos. Mi padre, que ya no estaba en su primera juventud, se olvidaba a menudo de comer y yo me abría camino entre los artefactos y las torres de libros para hacerle llegar un plato de falefel o de carne guisada con buñuelos de patata.

Al anochecer del tercer día, mi padre abrió de par en par las puertas del taller y se presentó en mi cuarto, donde yo estaba tallando un pedazo de madera con el que pretendía hacerme un silbato.

Recuerdo que el reloj marcó las cinco y que mi padre, demacrado, dijo:

—No hay ni una sola arista que me permita penetrar este herbario del chambelán Makowski.

Traía el manuscrito entre las manos. Recuerdo que lo alejaba de su cuerpo como si fuese un animal salvaje. Lo dejó caer sobre la cama.

—No puedo más. Despídete de mí, si quieres, hijo mío. Mañana vendrán Makowsky de Machau y sus esbirros buscando una respuesta.

Se sentó ante mí. Tomó de la mesa la ocarina de pino blanco, imperfecta y absurda.

Aquella noche me levanté de madrugada, forcé con cuidado el cajón donde estaban las mandrágoras vestidas de hombrecillos. Allí debajo, se hallaba el grueso manuscrito indescifrable. Lo ojeé con cuidado. Retuvieron mi atención algunos desnudos femeninos, cerca de algunas válvulas que se me antojaron de una lubricidad delicada. El texto, plagado de torpes ilustraciones de plantas, de astros, de mujeres, parecía escrito en una lengua extraña, quizás en hebreo. Pero el breve prólogo, escrito en latín, rezaba así:

«Esta es la copia fiel y exacta de un importante manuscrito adjudicado al excelentísimo sabio y astrólogo Roger Bacon. La obra original se encuentra escondida bajo las montañas que corren sobre la costa oeste de un lejano lugar, situado en el extremo sur del planeta.

»En este libro se analizan los secretos de los mundos olvidados y subyacentes. Lo sutil ha de ser separado de lo espeso. *Lector, auxilium domini sit iniquis terror* (Que la ayuda de Dios sea terror para la injusticia).»

Identifiqué de inmediato el emblema del emperador Rodolfo, el famoso *Adsit*.

# XII

No sé si puede comprenderlo, excelencia, pero por aquel entonces todos los chicos deseábamos convertirnos en nuevos Jüdeles silenciosos, y hacer como aquel humilde artesano que dio la vida para evitar la destrucción del gueto. Nos gustaba soñar con martirios, con ejecuciones injustas a las que iríamos cabizbajos y gustosos tras haber besado a nuestra esposa y a nuestros hijos. Nos volveríamos una última vez hacia oriente antes de entregarnos al verdugo y gritaríamos: «*Sch'ma Jisraël, adonoj elohenu, adonoj echod*».

De igual manera que la generación de nuestros padres no vivió más que para penetrar el secreto del universo, la transmutación del plomo y la conquista del elixir de la vida eterna, nosotros, sus hijos, anhelábamos, como uña la carne, el sacrificio. A veces pienso que nuestro fervor no era bueno, anunciaba como el humo anuncia el fuego, la masacre. Sólo un pueblo de mártires pudo abrir de par en par las espuertas a la guerra, desnudar su pecho ante las garras y las fauces.

Piense que yo era un perro criado en una camada de felinos. Protestante, sin conocer a mi madre y con un padre evangélico y alquimista, mi única religión fue, desde el principio, el mundo. Anhelaba sacrificios y crímenes y guerras, deseaba desgarrar corazones y cantar odas triunfales. ¡Cuánto me avergüenzo ahora de aquel ímpetu juvenil! Y pensar que mi corazón llamaba a gritos a la dama de la Guadaña. ¿Usted cree que me habrá oído?

Mi estado de ánimo era el propicio para lanzarme de lleno a la mar encrespada. Tenía diecisiete años y el corazón lleno de ambiciones.

# XIII

Y¿QUÉ OCURRIÓ? SE PREGUNTARÁ, USTED. PUES NADA sino que, en una noche fría, el chambelán Makowski irrumpió en nuestra casa y se llevó a mi padre preso en un coche de caballos con penacho. Mi padre sólo tuvo tiempo de darme un abrazo y decirme al oído.

—Vacía el baúl del oro y alquila un buen potro. Ve a Ratisbona. Cuando pueda me reuniré contigo.

—¿Y los pedidos del convento? ¿Y los chapines?

—Termina tú todo el trabajo y ve a Ratisbona. Quiero que seas un hombre de bien. Abandona todas esas tonterías de odas y danzas, los salones de baile llenos de espejos y los sueños. Quiero que estudies astronomía y química como Ptolomeo. Regresarás pronunciando epigramas tan hermosos como los suyos, lleno de Dios como los astros.

—Padre, yo lo acompaño, déjeme que vaya con usted.

Fue el chambelán Makowski quien me detuvo con las dos manos fornidas y llenas de anillos. Sus ojos eran negros, como de zorro, y me pareció que se le llenaban de lágrimas cuando hablaba. Era un hombre muy grande, de pelo muy oscuro. Yo estaba lleno de rabia, me creía fuerte y aguerrido, pero sólo era un rapaz rubio y enclenque con zuecos de madera.

Lo odié y fue la primera vez que sentí que el rencor fluía en mí prístino como el vitriolo.

Mi padre me dijo al oído antes de sentarse en el pescante junto al cochero: «Coge el oro acuñado y ve a Ratisbona, allí los estudiantes llevan capa y reparten panecillos entre las doncellas pobres. Ve a Ratisbona, Mauricio, termina los pedidos y vete. Yo estaré de vuelta con el deshielo, si Dios quiere.»

»Y olvídate de Rodolfo, para siempre».

# XIV

HICE COMO ME PIDIÓ. APURÉ LOS ENCARGOS: LOS chapines de señora y las sandalias de los monjes españoles. Cosía día y noche y en una semana tuve todo terminado.

El pergamino ya no estaba. En el baulito, encontré las cinco monedas purísimas, acuñadas con un metal casi divino. Cada una de ellas cantaba una canción distinta.

Mientras la primera decía:

*«Santo, Santo, Santo es el Señor Nuestro Dios.*
*El Universo está lleno de su Gloria».*

Y la segunda contestaba:

*«En el libro evangélico de la Naturaleza*
*está la sabiduría, maravillas y milagros de Jehová.*
*Fui acuñada el 26 de agosto de 1580».*

La tercera añadía:

*«Dios, la naturaleza y las artes espagíricas*
*no hacen nada en vano».*

La cuarta respondía:

*«Alabado sea el Santo Espíritu.*
*Aleluya, aleluya, aleluya.*
*Vade retro Satanás.*

*No hables de Dios sin haber visto su luz.*
*Amén».*
Y la quinta y última cantaba:
*«Al eterno, invisible, triuno, triple, santo y sabio*
*(él únicamente es sabio) Dios,*
*gobernador y preservador de todo lo creado.*
*Ahora y siempre sea alabado».*

Aquella noche permanecí largo tiempo sentado en la mesa del obrador. Las cinco monedas eran bellas y vociferante como castos jesuitas. Pensé: «Podría quedarme al calor de este oro que viene directamente de Dios hasta la llegada de la primavera, entonces mi padre ya habrá vuelto». Pero luego me dije, y la llamada de la muerte se volvió poderosa en mis oídos: «Ha llegado tu hora, Mauricio».

Dormí apenas, la almohada se me antojaba dura como una piedra y el viento ululaba como un anciano desollado en la noche del gueto.

# XV

ALGO ME DESPERTÓ, ANTES DEL AMANECER. ABRÍ LOS ojos sobresaltado, esperando encontrarme con un espectro, y vi el rostro pálido e hirsuto de David Chajim, el último de los bocherim del rabí Loew. Chajim había sido un chiquillo barbilampiño, tartamudo, despistado, rubio. Ahora ya no era más que un viejo con el pelo revuelto y la barba llena de migas. La comunidad lo tenía por chiflado y por ello lo reverenciaba sobremanera. Y es que la locura entre los judíos es marca del dedo de Dios. Pero yo no era judío y pensé que quizás me estuviese tomando el pelo.

Me dijo:

—Sígueme.

Me calcé como pude y lo seguí hasta la sinagoga vieja nueva, excavada en piedra viva, donde aquella noche se apiñaban los rabinos. Apenas el alba despuntaba. Yo pensé que debía de ocurrir algo grave si me hacían llamar a aquellas horas. A mí, al hijo del Moravo.

Humillé la cabeza en el centro de la nave.

Habló el más viejo de los sabios con una voz que no parecía salir de su propio cuerpo. Me dijo:

—Ay de Praga, si intenta parafrasear el alfabeto del Altísimo. La maldición caerá sobre ella y sobre su pueblo, y sobre el pueblo elegido que vive entre sus muros.

—No lo entiendo —respondí.

—Ay de ti, Mauricio, si te dejas llevar por tus pulsiones últimas.

—¿Por qué?

—Porque «el que pretende entrar en el jardín de rosas filosófico sin tener la llave, hace como el hombre que quiere andar sin pies».

No recuerdo haber contestado. Asentí. Me arrancaron un par de juramentos. Yo pensaba: «Mi único deber es hacia mí mismo. Ratisbona la libre me espera, lejos de estos afanes, de estas supersticiones y de estas rancias leyes…».

# XVI

«QUIZÁS ESTUVIERA SOÑANDO», ME DIJE PARA tranquilizarme. Mis sueños solían ser así, irreales y dramáticos.

A veces yo soñaba que era un hombre ciego en un mundo circular lleno de ingenios a motor. O un minotauro con un cayado de marfil dictando en la penumbra la Reina de las historias.

Y me despertaba sobresaltado para descubrir mi cuerpo joven e intacto y la luz de la mañana de Praga, luminosa como una canción de amor.

Otras veces yo soñaba que cometía mi anhelado crimen. Una, dos, tres puñaladas en un cuerpo fláccido que se entregaba a mí casi gozoso. Mis manos empapadas de sangre imperial parecían crisantemos o petunias.

En mi sueño yo cometía el crimen y las ventanas de la estancia suntuosa se abrían y las hordas felices me aclamaban. Como a su salvador. Como a un hombre justo.

Colgué del forro de mi manto, atadas con cinta roja, las cinco monedas alquímicas. Preparé un hatillo con algunas ropas y busqué en mi memoria la dirección de un tratante de caballos. Aquel día adquirí una mula chiquita pero dócil. La cargué al anochecer y me eché al camino antes de la alborada. Pensé en escapar y en cumplir con las exigencias de mi juventud. Estudiaría, amaría, lo olvidaría todo hasta que mi padre regresara.

Pero, fíjese, aunque dicen que todo juramento es una losa, no llegué ni hasta la Montaña Blanca, allá donde un palacio con nombre de estrella esperaba insomne el estruendo de ejércitos y muertes. Ratisbona, la libre, nunca fue en mi corazón más que una quimera.

Enseguida, reconfortado por el sol de la mañana, di la vuelta, y me puse a caminar junto a mi montura sobre la nieve.

Yo no regresaba a los brazos de mi amada. Yo no era el profeta Zacarías, no era un héroe ni un santo, era el hijo de Maese Pavel. Acudía a la llamada de mi sino, cabizbajo.

En mis manos temblaba la sangre por derramar, la muerte cosquilleaba entre mis dedos como si de caricias nunca dadas se tratase.

Yo no era otro que el asesino futuro de Rodolfo.

Cuando el sol estuvo en su cenit, llegué a la explanada frente al Palacio Real. Allí, junto al palacio Szwarzenberg, se encuentra el convento más lúgubre de Praga, donde las monjas barnabitas consumen sus vidas encerradas en ataúdes, sin ver nunca la luz del sol.

Mientras pasaba junto a los muros de aquella casa pequeña, insalubre, oscura, me pareció escuchar el canto de las monjas moribundas entonando el *Dies irae*. El miedo me turbó, me senté al abrigo de un árbol y saqué un pellejo de vino que me ayudó a recalentarme y a recuperar la osadía.

El trasiego habitual a las puertas de palacio parecía haber remitido por la crudeza del tiempo. Un grueso monje que vendía horóscopos, sentado frente a un hornillo de leña, en medio de la plaza, me dijo que el año nuevo anunciaba austeridades y desgracias.

—Campa sobre el Hradschin un fantasma de crímenes y oprobio.

Pero, a medida que el sol débil se acercaba al mediodía, la plaza iba recobrando su proverbial animación. Frente a la reja del castillo empezaba a crecer una fila de pedigüeños, de quejosos, de vendedores ambulantes. Dos campesinas transilvanas, vestidas con sucias pellizas y zuecos embarrados, empezaron a gorjear una canción, acompañándose de las palmas y de un acordeón muy pequeño y estridente.

Entretanto algún mercader trataba de sobornar a los guardias con cajones de castañas y legumbres secas. Un turco cruzó la puerta, saltándose la cola —ante la indignación general—. Su jamelgo iba cargado de exóticas naranjas. Más tarde, un par de coches guarnecidos con cortinajes y con plumas, transportando a una cortesana o a un astrólogo, penetraron por aquella puerta deseada. Y el reloj de San Nicolás marcó las dos.

Yo ignoraba que dentro de unas horas, alguien descubriría en las caballerizas de palacio el grueso cadáver de Makowski, con los ojos arrancados de sus órbitas.

Nada supe, sólo escuché rumores vagos que crearon remolinos en la plaza, rumores que nada decían sino «Dios», rumores que trasportaban un vago hálito de muerte.

# XVII

ESTUVE EN LA PLAZA HASTA QUE EL SOL SE PUSO Y HUBE consumido gran parte de mis provisiones y mi vino. Creo que ni yo mismo sabía qué era lo que estaba esperando. La cola de postulantes ya se había dispersado cuando apareció el gran carro. Iba conducido por una criada con el sombrero alto y blanco del personal de palacio.

Las puertas se abrieron de par en par. Uno de los guardias se aproximó, parecía cansado. Inspeccionó apenas las montañas de mantelería inmaculada, las sábanas de algodón de Flandes y las pesadas tapicerías españolas.

Quizás no me crea si le digo que penetré en el castillo en una de aquellas cestas de ropa limpia que transportaban dos doncellas. La primera era muy fea y pudorosa, la segunda, que luego supe manceba de un cocinero de palacio, bizqueaba. No aceptaron las monedas de oro alquímico que les tendí. Pero las admiraron con pavor, como si estuviesen en presencia de un gran mago.

# XVIII

**B**ORGES TOSE Y FANNY PENETRA EN LA HABITACIÓN cargada de humo de tabaco. He estado fumando y el ama de llaves me reprende.

—*You shouldn't.*

Pero el maestro parece contento. Prosigue mientras Fanny sirve el té en dos tazas desportilladas de porcelana china.

*También Marcus Marci se levanta pesadamente de su asiento de piedra. Está nervioso. Considera impropio que todo un rector de la universidad de Praga escuche con tanta atención estas pamplinas. Hubiese sido distinto si el enterrador fuese veneciano o español, pero los checos evangélicos son vulgares y se toman siempre demasiadas confianzas.*

*«Este Zounek —se dice y yo concuerdo— tiene todo el aspecto de ser un fabulador o un loco.»*

*Un par de veces le ha sacudido con grosería el hombro, ha escupido briznas de tabaco y ha tosido como si sus pulmones se estuvieran deshaciendo. Marci piensa que toda su cháchara no es más que un batiburrillo de refranes, leyendas talmúdicas, fábulas antiguas y fragmentos de historia mal entendida, aderezados con algo de labia y muy poco sentido del ridículo.*

*Pero el gesto abrupto del enterrador y su propia complacencia, adormecido como está por el cálido sol de primavera, hacen que vuelva a sentarse. Esta vez enciende una pequeña pipa de marfil y se abandona.*

*Zounek es la voz de Praga —se justifica—, quizás no de la Praga real pero, en cierto modo, Praga nunca ha sido una ciudad real, sino una ciudad cucaña observada por los ojos de un niño, de un loco, de un truhán.*

*El enterrador parece contento y gesticula, dice algo y acaba sentándose él también frente al rector bajo el saúco. Sus gruesos pies se agitan como orondos animales retorcidos. Parece haber rejuvenecido veinte años.*

*Marci le pregunta quitando hierro a su evidente rendición:*

*—¿Estuvo pues en el Castillo en época de Rodolfo?*

*—En efecto.*

*—Y ¿Cómo era el Castillo por dentro? Dicen que era alfombrado y lujurioso.*

*Zounek asintió con una media sonrisa pícara.*

*—El Castillo era como un sexo de mujer, púrpura y rojo, angosto y cubierto de cortinajes, y de telas. ¿Sabe usted que hay quien dice que las viviendas acaban pareciéndose a aquellos que los habitan? ¿Sí? Pues el Castillo de Carlos acabó asemejándose a la mente retorcida de su Señor. El Castillo era el cerebelo de Rodolfo, estrecho, superpoblado, terrorífico. En el Castillo la muerte campaba en cada esquina, en cada reloj y en cada naturaleza muerta… en cada mueble recamado.*

*—Pero cuénteme qué ocurrió cuando descubrieron que en el fondo de la cesta viajaba un aprendiz de zapatero.*

# XIX

CREO QUE ME QUEDÉ DORMIDO, EMBRIAGADO POR EL perfume de manzana. Recuerdo que las sábanas estaban almidonadas y calientes. Dormí largas horas navegando por ese espacio intermedio que uno se construye entre el sueño y la vigilia, en el umbral del miedo, en la entraña misma del peligro.

Cuando abrí los ojos, me vi en medio de las cocinas. Un mayordomo vino hacia a mí, y creo que me tomó por otra persona porque, de inmediato, empezó a llamarme Renato. Renato por aquí, Renato por allá, Renato, hazme el favor de ponerte las calzas de servicio, Renato, el emperador espera su té de la mañana. Luego se acercó a mí y me guiñó un ojo.

—Ya te acostumbrarás —me dijo—. Este palacio es como un canto de poeta. Ya lo dijo el maestro Brahe.

Yo asentí y el mayordomo me sonrió livianamente. Me dieron una bandeja de plata con incrustaciones de granates y de topacios, me vistieron y peinaron mis cabellos revueltos. El ama mayor vino a amonestarme:

—Has de servir la infusión, dejar que respire unos minutos y después verter algo de leche. Y sobre todo, ante todo —respiró profundamente, tenía una verruga sobre el mentón y parecía exhausta—, no contestes a las preguntas de Rodolfo. Recuérdalo. La indiscreción puede costarte cara.

Otro criado más joven me murmuró al oído:

—El chambelán Makowski ha muerto. Se ha arrancado los ojos de las cuencas.

Me quedé de piedra. Aquel chambelán me había resultado más bien antipático y su muerte atroz no sólo me importaba un comino sino que me parecía merecida. Pero, ¿ante quién habría de reclamar ahora la ausencia de mi padre? ¿Acaso alguien recordaría a un anciano checo que la guardia de palacio había traído preso hacía poco? ¿A un anciano vestido pobremente como los patriarcas antiguos?

Y es que había millares de viejos magos colgados de jaulas cerca de la fosa de los ciervos. Tantos que una falange especial de sirvientes se dedicaba a alimentarlos con sopa de alubias por las noches.

Puedo asegurarle que caminaba tembloroso, a través de los angostos pasillos alfombrados, con aquel juego de té tintineante que debía de valer lo que toda una vida remendando chanclos. Pensé: «Si mi existencia concluye aquí, moriré de manera poco heroica. Y, no sólo eso, habré abandonado a su suerte a mi pobre padre y no quedará huella alguna de nuestro paso sobre la tierra».

Un criado con aliento agrio murmuró en mi oído poco antes de empujarme a la gran sala:

—Pobre emperador. Todos dicen que morirá pronto.

Yo pensé, recordando la presencia de la daga: «No lo sabes tú bien. Para eso estoy yo aquí».

Tenía la impresión de caminar hacia mi destino. Había rezado y he aquí que el azar me ponía en la senda del gran criminal, del gran tirano. Aquello probaba la justicia de mi empresa.

Antes de cruzar el umbral, recuerdo que pensé: «Ha llegado mi hora. Ya está aquí. En cuanto desenfunde la daga y la utilice, en cuanto penetre con ella el cuello de Rodolfo, la sangre brotará e inundará la tierra. El palacio se convertirá entonces en un concierto de gritos. Me mandarán prender o quizás me ajusticien sin atender a razones».

Entré caminando con pequeños pasos. «Y no he tenido tiempo de ver el mar.» Mis piernas flaqueaban. Me detuve junto a una columna como fulminado por un rayo. Ante mí, junto a la ventana abierta sobre la ciudad antigua, estaba la diminuta figura del emperador Habsburgo.

# XX

IMAGÍNESE. EL VIEJO EMPERADOR SE ACERCA A LA VENTANA del Salón exterior. Viste jubón negro de corte español, un traje que realza su figura severa y decrépita. Vacila unos instantes y luego separa los gruesos cortinajes. El viejo emperador tiembla, tiembla ante la blanca ciudad de los campanarios. Praga se entrega al mediodía de diciembre como una doncella que se entregase a su verdugo.

«Ha sido un año malo —piensa—, tras el levantamiento de mi hermano el archiduque Mathias, empeñado en hacerse con la corona de San Esteban y con todo el resto.

»¿Acaso soy yo el guardián de mi hermano? —se dice—. Si por mí fuera, le cedería gustoso todo el imperio para que jugase con él a los bolos.»

Rodolfo ignora que dentro de tan sólo un año maldecirá esta ciudad que tanto ama, ignora que, prisionero de su castillo, recorrerá los pasillos noche y día como un espectro desahuciado.

Es verdad que, cada vez más a menudo, su espíritu se oscurece. En la corte dicen que ve ángeles negros, que sombras oscuras lo atenazan. Se siente muy solo. Apenas tiene en quien confiar, lo rodean los espías de su hermano, jesuitas y locos impostores. A lo lejos, las montañas de Bohemia parecen carámbanos plateados. Praga bajo la nieve sigue siendo una ciudad alegre, abierta hacia el exterior, una ciudad para vivir. A estas horas —piensa Rodolfo—, los tenderos deben de limpiar de nieve los umbrales de los comercios, ahuyentando de Malà Strana a los espíritus nocturnos remolones. La mañana de Praga es como una mujer honesta, escurridiza, tarda en llegar y desaparece pronto.

Ante la ventana, el viejo emperador se tambalea. En estos últimos tiempos bebe con desmesura y a deshora. Ha seguido el nefasto ejemplo de su mariscal Lobkovitch, caído en desgracia hace ya tiempo. Parece como si sólo los licores pudiesen calmar su desazón, ese dolor del mundo, ese daño persistente de la luz. La vida se abre a duras penas camino hacia sus ojos e inunda como un ácido su cerebro frágil e inflamado. Rodolfo se tambalea, se separa de la ventana y se sienta frente a su mesa donde lo esperan el tintero y el grueso papel blanco y venado.

Sólo tiene cincuenta y nueve años pero esta vez siente que se está muriendo de verdad. Lleva muriéndose desde su nacimiento, cada año su cuerpo muere un poco y su alma avanza irremediablemente hacia el abismo. Su mano de viejo prematuro tiembla.

«Yo, Rodolfo II —escribe con larga letra ceremoniosa—, emperador del Sacro Romano Imperio, llevo treinta y cinco años reinando sobre la Cristiandad y espero la muerte con pavor, encerrado en mi torre de marfil, como el minotauro en su laberinto, mientras el mundo entero se mofa de mi sino. Vivo encerrado en este Hradschin que los poetas cantarán cuando ya no esté. Me gusta pensar que el cielo

seguirá brillando cuando yo muera y que los cultivos flore-
cerán y se agostarán innumerablemente tras mi muerte. Dicen
que soy mórbido y malsano. Yo diría que me complazco en
lo que asusta a otros.»

El esfuerzo del pensamiento, de la introspección, lo
humillan. A lo lejos se escucha el único ruido que toleran
sus frágiles oídos: violines y otros instrumentos de cuerda,
perfectamente afinados. Imitan el movimiento de la seda
líquida, del espacio astral, imitan el vaivén de las mareas.
Prosigue:

«Recuerdo bien la primera vez que vi la mar; el pasado es como un arrebol, como un remolino de color precioso. Fue en Barcelona, de niño, cuando el séquito del tío Felipe nos recibió a mi hermano Ernesto y a mí. El emperador
salió en persona a recibirnos. Teníamos doce y once años.
Salimos en otoño de Viena y llegamos a Barcelona justo en
mayo.

»Es extraño cómo el tiempo se contrae. Cuando uno
nace para ser emperador, sólo tiene dos opciones: puede
consagrarse a las francachelas, al exceso, o puede dejar que
la melancolía lo persiga para siempre.

»Los Habsburgo somos, desde siempre, melancólicos.
Descendemos de las infantas de Portugal, de ese tronco car-
comido y enfermo, que ha generado tantos monstruos, pero
también tantos guerreros y patriotas.

»Nunca me ha tentado la violencia, ni los rápidos
movimientos de los ejércitos sobre los mapas me seducen,
prefiero el lento discurrir de los planetas —escribe—.
Hubiese deseado tanto no ser emperador sino un gran mago

o un mecenas, dedicar mi vida a la belleza y a los astros. Son tan estúpidos estos asuntos de estado que tanto fascinaban a mi tío.

»Nuestra vida humana es de una despreciable pequeñez», piensa.

# XXI

EL EMPERADOR ESTÁ TAN INMERSO EN LA REDACCIÓN DE su carta que no parece reparar en el nuevo paje, checo a todas luces, que sirve la infusión con torpeza y titubea varias veces frente a la jarrita de leche. El emperador no hace ademán alguno, permanece cabizbajo como un muñeco cuyo resorte estuviese roto. No parece siquiera haberlo visto.

—A veces me acuerdo de Cimburgis de Masovia, mi antepasada, la giganta polaca que doblaba las herraduras con los dedos...—se dice— ¿Amó Czimbarka el surco de las estrellas y el ritmo de las estaciones como yo?

Pasan varios minutos y finalmente el paje, envalentonado, decide emprender la travesía de la sala a trompicones. Deja la taza sobre la mesa de su majestad. La cucharilla de plata repiquetea y algo del preciado líquido se derrama.

Su majestad no levanta la cabeza del papel, pero el paje observa que una lágrima cruza su rostro pálido y hinchado y cae sobre una palabra todavía húmeda convirtiéndola en un garabato. Se trata de la palabra *pequeñez*.

# SEGUNDA JORNADA

# I

Y DE PRONTO EL RELOJ DE CUCO DIO LAS DIEZ Y MI
anfitrión me dijo:
—Basta por hoy, joven amigo —su cabe-
za temblaba blandamente—. Lo espero el lunes. Sea
puntual, se lo ruego.

Regresé a casa caminando. El paisaje de Nueva Inglaterra es verde y ondulado pero uno lo imagina lleno de
cuervos por las noches. *Magpies*, se llaman. Parece un paisaje imaginario.

Me abrigué con mi gabán y apuré el paso. Hacía frío.
Un coche con dos estudiantes me adelantó, advirtiéndome
con el claxon para que me arrimase al arcén.

¿A quien podría yo contarle que estaba trabajando
para Borges?

En Oaks Park, los pasillos bullían de vida juvenil.
Celeste, la delegada de tercero, me saludó con una mueca.
Estaba repantingada en una butaca junto al baño, limán-
dose las uñas ferozmente.

Mi cuarto y Keats y Alister Crowley y aquellos libros
de literatura inglesa que yo amaba. Me acosté sin desves-

tirme y casi por ensalmo me quedé dormido. Hacía años que no me sentía tan cansado.

«Tú me olvidarás como se olvida un sueño —canta Jemima—. Acuérdate del saúco.»

## II

—*P*UES SÍ, FUE COMO SI ALGO DENTRO DE MÍ ME *detuviese. Me vi de pronto plantado frente a un precipicio profundo y oloroso. Tuve miedo.*

»*No me mire —insiste Zounek—. Conozco bien esta historia pues se trata de mi propia historia. Ahora ya no vivo más que de recuerdos. Vuelva a sentarse al sol y escuche este cuento sobre cómo la vida enmaraña las cosas.*

»*Tuve miedo. Olvidé que yo era el mensajero de la muerte de Rodolfo y volví a ser el niño perdido, el pajecillo cuya frente, según dijo algún poeta, toca el cielo.*

»*Y es que un mendigo puede cazar al vuelo una pregunta que se abre al infinito y darle una respuesta, y en ese punto que es una pausa, la vida se desenreda, encuentra profundidad, se desparrama. Esta es una fábula sobre cómo un campesino o una chiquilla pueden abrirle los ojos a un sabio, a un rey de reyes, y proseguir su camino sin mirar atrás.*

»*Imagínese —dice Zounek—. Nos encontramos en el albor del siglo, en plena edad de Fausto. Europa se estremece asolada por conflictos religiosos. El zorro y la corneja planean cómo devorar todas las uvas. La reforma y la con-*

*trarreforma orquestan su particular danza de la muerte. Pero
la guerra, tal y como la conocimos después, aún no ha llegado.*

*»El emperador Rodolfo, hijo del emperador Maximi-
liano, sólo piensa en la magia y las estrellas. Praga se ha convertido en su ciudad gusarapo donde los bribonzuelos, los
falsos magos y los vendedores ambulantes traman embele-
cos y venden elixires de jengibre. Rodolfo no se siente muy
bien últimamente, presiente que lo que ha vivido no es más
que una escaramuza, que la gran batalla está por venir. Es
como si escuchase ya los pasos agigantados del horror. Por
fortuna —ya lo sabe—, murió antes de que la barbarie asolase el imperio.*

*»Supe después que su astrólogo mayor, Tico Brahe, a
quien todos llamaban Malasombra, predijo que un día moriría
asesinado por un monje, como Enrique IV, rey de Francia. Yo
pensaba: "Soy yo. Yo seré el artífice de su destino. Un monje
o un moravo ¿qué más da?".»*

Rodolfo es un cobarde y teme por sí mismo y sin embargo, con una actitud que tiene más de terquedad que de gran-
deza, se niega a dejar pasar, estando él vivo, al espeluznado
jinete de la guerra. Él no lo sabe, pero protegerá con todo
su ser a la hermosa Praga.

Bebe, dicen que bebe. Pero él no se siente embriagado
sino enfermo. El último verano de 1608 había sido espe-
cialmente caluroso, los insectos se enracimaban en los jardines del castillo. Dicen que, viendo tres gruesas moscas
posadas sobre la mesa del almuerzo, dijo:

—Ahí van juntos el rey de España, el Papa y el archiduque Mathias.

Pero ahora ya la nieve ahoga con su manto blanco los campanarios de la capital de la magia, de la taza de cristal, del paraíso de los alquimistas.

Estamos en diciembre y hace frío.

Mientras Rodolfo se pasea solitario por los pasillos donde se amontonan las curiosidades, los huevos de fénix y los collares de bezoal, yo tengo diecisiete años y ya estoy dentro del castillo.

Y Octavio de Strada, el bibliotecario, espera en la pinacoteca al padre Pistorius.

# III

T ODOS SABÍAMOS QUE, HASTA QUE EL PAPA CLEMENTE VI tuvo la feliz inspiración de enviar a Pistorius a la corte de Praga, las relaciones del emperador con la Iglesia de Roma habían sido más bien tormentosas. Un cúmulo de incomprensiones y de miedos. La Santa Sede nunca había conseguido convertirlo por completo ni convencerlo de que se consagrase a la exterminación de herejes.

En 1590 Rodolfo nombró a Cristóbal Zelinski consejero de Asuntos Eclesiásticos. El nuncio Caetani tildó aquella decisión de *insulto* puesto que, según él, Zelinski era un «calvinista frustrado», un hermano moravo como mi padre. El cardenal Spinelli, enviado del Santo Padre, tuvo durante largo tiempo la misión de perder al consejero de la corte de Praga, pero siempre en vano.

Por lo pronto, el emperador no le concedía audiencia. Spinelli penó durante meses por las antesalas de palacio, tirándose de los cabellos y vociferando ante los ministros. Indudablemente, Rodolfo lo veía con muy malos ojos.

Al final, tras años de acusaciones y de intrigas, Zelinski hubo de dimitir, incapaz de soportar la presión constante de los unos y de los otros.

Entonces, se dijo que Rodolfo se negaba a recibir los sacramentos, que abominaba a la vista de altares, de crucifijos y reliquias. Empezó a extenderse el rumor en palacio de que alguna de sus concubinas o, ¿quién sabe?, quizás Machau de Makovski, el palurdo que cuidaba el fuego en sus aposentos durante las largas noches de invierno, lo hubiesen endemoniado.

Desde luego, el nuncio Spinelli espantó al emperador con su dureza y su carácter violento. Cuando por fin fue recibido por Rodolfo, éste dijo que el nuncio se había acercado tanto a él que «había sentido su aliento».

Ya sabe, el aliento para los fervientes de la magia se identifica con el alma y puede ser capaz de transmitir influencias benéficas o malignas. Dicen que el pobre emperador no pudo, aquella noche, conciliar el sueño.

Al día siguiente de su reunión con Spinelli, llamó a su canciller Rumpf y trató de apuñalarlo, acusándolo de alta traición. Ya conoce la historia, dicen que entonces resonó un trueno y Rodolfo desistió de su intento, y trató de volver el puñal contra sí mismo.

Fue por entonces cuando el obispo de Praga, Berka, tuvo la brillante idea de sustituir a los jesuitas, demasiado dóciles en su opinión, por capuchinos. El emperador acogió la noticia con horror. Conocía con detalle sus rituales sangrientos, de flagelaciones, laceraciones y cilicios. Además, siendo un niño, en España, había asistido en compañía de su terrible tío, Felipe II, a un retiro de Semana Santa en un convento de la Orden.

Que tales actividades funestas se realizasen cerca del castillo era para él de mal augurio.

«Es preciso que los capuchinos se vayan —andaba repitiendo por los pasillos mal alumbrados de palacio—. Es preciso que los capuchinos se vayan.»

Y, a la sazón, el Papa tuvo la feliz idea de enviar a Praga al conciliador padre Pistorius. El y Rodolfo enseguida se entendieron.

«El emperador no está endemoniado ni está loco, tiene miedo —escribió Pistorius a Roma—. Pero su melancolía tiene raíces profundas. Naturalmente no niego que gentes malintencionadas se sirven de sus sufrimientos para inducirle a error.»

Y entonces ocurrió. En 1601, Rodolfo se confesó y comulgó. La Cristiandad pareció entonces respirar tranquila.

La amistad entre el padre Pistorius y Rodolfo, fue compleja, teñida de heterodoxia para muchos. Ninguno de los dos era un hombre tibio o simple. No sé si sabe que el Padre Pistorius había sido luterano y luego calvinista antes de adherirse al catolicismo. Era un personaje muy bien considerado, médico, teólogo, jurista, conocedor de los padecimientos de las almas pero también atento a las enfermedades de los cuerpos. Algunos lo acusaban de llevar un doble juego, de ser rodolfino y complaciente con el emperador y papista y riguroso con la Curia.

Quizás fuese así pero, revestido de sentido común y de una espléndida y peligrosa tolerancia, en 1608 llevaba ya diez largos años siendo el único confesor del emperador.

# IV

TIZIANO PINTÓ AL PADRE DE OCTAVIO —JAKUB DE STRADA, que había sido gran amigo de Arcimboldo— en 1567, con una estatuilla de Venus entre las manos. El constructor del castillo de Bucovice había ofrecido al emperador un nuevo y extraño ser doble para sus colecciones. Sus hijos: Catalina, arrebolada y virgen; Octavio, ambiguo y delicado.

El precio del regalo era evidente. El padre pasaría a ser superintendente de las colecciones imperiales y a su muerte el infortunado Octavio lo substituiría.

Imagínese: en estos últimos días de 1606, Octavio de Strada, que ya es un hombre maduro, se siente tan asustado por los acontecimientos que decide hacer llamar a Pistorius con el que nunca ha simpatizado hasta ahora. La corte está revuelta y el emperador parece oscilar entre la desesperanza y el furor. Presiente algo. Los grandes monarcas son así, tienen antenas hipersensibles que perciben la desgracia. Y aún más Rodolfo.

Y eso que los cuerpos hallados por la servidumbre han sido retirados con rapidez y las huellas de sangre han sido eliminadas con cuidado. El emperador ignora que su chambelán preferido ha muerto. Ignora también que su doncella de cabecera fue degollada hace tres noches con un cuchillo de cocina en los establos. Ignora que tardó en morir casi tres horas y que tenía los ojos desorbitados, bien abiertos.

Tampoco ha visto las huellas de manos gigantescas que, desde hace más de un mes, tiñen de sangre las paredes de los corredores por las noches.

Y sin embargo, no es preciso. El colegio de magos y astrólogos ha entregado ya su horóscopo para el año venidero. 1609 será, al parecer, funesto.

Octavio de Strada es un tipo de aspecto triste, vestido con afectación. Hoy Octavio se encuentra crispado y se mesa los cabellos mientras espera. Sin darse cuenta el bibliotecario se ha situado bajo *La adoración de los Santos Reyes* de Cosmus de Castelfranco, regalo que el convento de capuchinos de Praga hizo al emperador para limar asperezas.

Octavio está nervioso, se frota las manos. Ha titubeado mucho antes de decidirse a llamar al sacerdote.

«Este Pistorius es un hombre raro —piensa—. Pero cuenta con la confianza de mi hermana Catalina. Aunque, la verdad, esto no es mucho decir.»

Cuando Pistorius entra en la gran sala con paso ceremonioso, Octavio se endereza y trata de borrar de su rostro las huellas de toda duda. El padre es un hombre alto, cargado de hombros, con rostro franco y anteojos.

—Gracias por venir, Padre.

Octavio conserva toda la delicadeza del muchacho pintado por Tiziano, pero cuando habla, sus rasgos se profundizan en surcos siniestros y sus manos aletean como pájaros nocturnos. Una magia extraña y familiar atraviesa de vez en cuando el rostro del bibliotecario. Pistorius no tarda en comprender se parece mucho a Catalina, fiel amante del emperador desde hace años. Es como una versión descolorida y carcomida del rostro de su hermana.

—No se preocupe, amigo. Dígame.

Octavio piensa que Pistorius parece un campesino, piensa que tiene rasgos burdos y que su mirada es tan directa y casta como la de un protestante.

—Padre —dice, tendiéndole la mano cortésmente.

—Hijo mío. Si le puedo ser de alguna ayuda —contesta Pistorius con un acento francamente alemán, que acaba por desconcertar aún más al buen Octavio.

—Le propongo que vaya a buscar su manto más pesado, he pedido un coche. Vayamos a donde nadie pueda escucharnos, excepto el aire de la tarde.

—Como guste, amigo.

## V

EL CARRUAJE, GUIADO POR UN COCHERO JOROBADO A quien acompañaba un paje checo, los condujo a través de la bruma de la ciudad blanca. A Rodolfo le gustaba contratar a tullidos y deformes. Tenía un ejército de gigantes, un regimiento de enanos y una mujer con tres grandes pechos había amamantado a cada uno de sus hijos.

Los rayos del mediodía pugnaban por atravesar las nubes. Era una mañana muy distinta a esta. Una mañana fría, despiadada como sólo saben serlo las mañanas de invierno en Praga. Octavio de Strada y el padre Pistorius guardaron silencio unos minutos, apresados por la blanda oscuridad del coche. En el pescante se oía el silbido del contrahecho al que imaginaron envuelto entre sus mantas. Su silbido era como sangre que cayese sobre la nieve dejando un reguero delicado.

Pistorius pensaba en el rostro de Octavio, un rostro como de muñeca descolorida. Le vino después a la cabeza que la salud del emperador era frágil y su porvenir dudoso. Rodolfo se sentía cada vez más en peligro.

—Quieren matarme —le había dicho anoche—, todos ellos, criados, nobles, la Dieta y el papado, los monjes y los utraquistas, los criados conjuran contra su señor y mis hermanos me odian, los príncipes transilvanos y el turco acabarán por unirse (todos los maleantes y los fulleros acaban saliéndose con la suya), penetrarán esta ciudad donde he querido construir mi particular altar al Señor de todas la cosas. Nos destriparán con sus lanzas, saquearán la ciudad y a mí me ajusticiarán sin consideración alguna.

Pistorius sonrió en silencio. ¡Pobre emperador, atado a montañas de objetos muertos, cautivado por el brillo graso de las pinturas venecianas, durmiéndose apenas en la sala del tesoro! Rodolfo no estaba endemoniado, tenía miedo. Pero ¿quién no habría de tener miedo en estos tiempos tan inasibles, violentos?

El carruaje se detuvo a orillas del Moldava helado, no muy lejos de donde estamos ahora. Descendieron. El jorobado encendió su pipa de barro y los contempló con sorna mientras se dirigían a la isla de Kampa donde los niños jugaban con la nieve. En el río se oía el ajetreo de veloces patinadores esponjándose bajo el sol de invierno.

Pasearon largo rato. Octavio parecía no encontrar las palabras adecuadas.

—Padre, sólo deseo que me ayude.

—A su servicio.

Octavio carraspeó. Vestía un abrigo de oso blanco muy lujoso. En cambio, el padre Pistorius se cubría con un manto grueso como el de los campesinos alemanes. Octavio pensó que parecía muy poco distinguido. Sacó del bolsillo de su amplio abrigo una botellita de aguardiente de hierbas y se la tendió al prelado. Ambos bebieron.

—¿Cuánto tiempo lleva aquí, padre Pistorius?

—Se cumplirán diez años en febrero.

—Es extraño que en tanto tiempo apenas hayamos tenido tiempo de conocernos. Permítame que vaya al grano.

¿Qué cree que le ocurre a nuestro emperador? ¿Cree usted que está verdaderamente endemoniado?

Pistorius dejó pasar unos segundos. Sacó de su bolsillo una pipa similar a la del cochero y, tras limpiarla concienzudamente, la llenó de tabaco de hebra y la encendió, abrigándola del viento del río con su ancha mano.

—¿Usted cree eso?

Aquella respuesta ofendió a Octavio que replicó de inmediato.

—No he dicho tal cosa. Quisiera simplemente saber su opinión de sacerdote y de médico.

—Yo no creo en el demonio, amigo mío.

—Cuide sus palabras, padre, la heterodoxia no le causará más que problemas.

Octavio y Pistorius siguieron caminando a orillas del río Moldava mientras los niños jugaban a construir hombres de nieve.

—¿Sabe, Pistorius? Dicen que Perún, el más importante de los dioses paganos de la mitología eslava antigua, no dejó nunca Praga. Dicen que no quiso abandonar esta ciudad porque en ella aún le ofrecían sacrificios. Durante siglos, tuvo un santuario en esta isla. ¿Ve? Ahí arriba, cuando el puente de Carlos aún no existía, donde se alza la torre de Malà Strana, se levantaba una gigantesca estatua de Perún. Siglos más tarde, los cristianos se deshicieron de ella arrojándola al río.

—Lo ignoraba —susurró Pistorius algo incómodo mientras oteaba las aguas obtusas cubiertas por el hielo.

—Dicen que Perún, el dios del rayo y del trueno, duerme aún bajo el Moldava.

—Pues debe de estar congelado el buen Perún.

# VI

YO ERA AQUEL POBRE PAJE ENTUMECIDO SOBRE EL pescante. El cochero me ofreció un trago de aguardiente. Tenía un rostro como de niña calva sobre su cuerpo torturado. De la gorra de piel de conejo sobresalían dos orejas puntiagudas. Sus manos largas y hermosas jugueteaban con las riendas.

—¿Qué? —me dijo con un fuerte acento eslavo—. ¿De nuevas?

Ni le contesté ni dejé de contestarle. Me encogí de hombros.

—¿Tienes frío? —insistió el jorobado moldeando sus labios de mujer.

—Psht —contesté aprehensivo.

—Si quieres puedes meterte bajo mi manta de piel de nutria. Estos dos tienen para rato.

Negué con la cabeza.

—Esta manta fue regalo de su majestad —el jorobado sonreía—. Hubo un tiempo hace muchos años en que su majestad se encaprichó de mí. Me amaba. De aquel entonces guardo muchos obsequios. Todos hermosos, de gran valor.

—Ah.

—Le gustaba llenarme de regalos. Decía que los menos agraciados somos los más puros, admiraba de mí la pureza del rostro y la bellaquería del cuerpo.

Rehusé de nuevo. Tenía frío y empecé a sentir como si todo el universo se desplomase lentamente en torno a mí.

—Éstos tienen para largo.

—Creo que voy a buscar algo de leña y encenderé un fuego para calentarme mientras esperamos a los señores.

El horizonte parecía violáceo. La respiración de los caballos formaba pesadas humaredas en el aire.

—Tú mismo, jovencito.

A lo lejos las dos figuras, el hombre elegante y el monje oscuro, gesticulaban frente a Kampa.

—¿Qué crees que ocurre, jovencito? ¿De qué crees que hablan tus señores?

No contesté.

—Están planeando cómo asesinar al buen Rodolfo.

Yo pensé: «Vaya, tendré que darme prisa si no quiero que algún papista se adelante».

El jorobado se rió y su risa sonó hueca y femenina. Yo tenía frío.

—Si quieres que te diga la verdad —carraspeó de nuevo—, a mi entender han soltado en el castillo un segundo golem, degenerado, obtuso, que no cejará hasta dar con el emperador.

—Pero ¿por qué no va directo al objetivo?

—También los engendros de la magia titubean antes de ejecutar a un gran señor.

# VII

—Y DESPUÉS, CLARO, ESTABA AQUELLO.
—¿Cómo eran aquellas huellas, Zounek? —preguntó Marci súbitamente perturbado—. ¿Llegó a verlas?

—Las vi en dos ocasiones. Orlaban las ventanas del ala sur como flores extrañas. Parecía que un engendro hubiese tratado de escapar saltando por el torreón. Recuerdo que puse mi mano encima por curiosidad. Eran demasiado grandes para ser humanas. Parecían huellas de gigante, de orangután, quizás de monstruo. Eran todas de la mano derecha. Manchas de sangre. Perturbaban el blancor de las paredes de la pinacoteca, de las salas, de los pasillos.

—¿Y cree que Pistorius, en su celo, consiguió que Rodolfo nunca llegase a verlas con sus propios ojos?

—Rodolfo no tenía ojos más que para su alma, en aquellos tiempos.

# VIII

Y ASÍ TENÍA YO LA IMPRESIÓN DE VIVIR UNA IRREALIDAD, de estar dentro de un nimbo, de una espada, de un embudo. Había llegado al castillo siguiendo a mi padre, dispuesto a realizar mi destino y las puertas de aquel mundo hermético se habían abierto ante mí de par en par. Y ni siquiera sentía miedo.

—No has llegado en buen momento —me dijo un paje veterano apostado tras una pesada puerta—. Corren extraños aires por el Hradschin.

Me había cogido del brazo para llenarme el rostro de hedor de cerveza. Me dijo:

—Sea lo que sea que te ha traído hasta aquí, avaricia, hambre, sed de justicia, créeme cuando te digo que has de dejar que las cosas vengan. No te precipites nunca o acabarás como la esposa impaciente o el mercader impío, arrancado de tus goznes.

Yo temblaba.

—Pero si esperas, si eres paciente, toda recompensa vendrá a ti.

# IX

Y PASARON LAS SEMANAS Y YO SEGUÍA PARALIZADO: *acariciando la pequeña daga bajo el jubón e incapaz de utilizarla y, sobre todo, sin dar con mi padre...* —continuó Zounek—. *Pero, se dirá usted: ¿deseaba realmente encontrar a mi padre?*

Mi inactividad me llevaba a reflexionar mucho sobre todas las cosas. Me gustaba creer entonces que el castillo era una pieza alegórica destinada a mi comprensión, donde cada personaje tuviese una función oculta. El rey era evidentemente el oro, aquel que había de ser transmutado. Su hijo natural, don Giulio, el primogénito, hacía oficio de mercurio, en la distancia, recluido en una pequeña aldea «por sus pecados». El resto de los personajes, aquellos que giraban como satélites en torno al sol, eran los cinco elementos, los servidores del rey: Octavio, Catalina, Pistorius, Kepler y Makowski.

Acostado en el camaranchón que compartía con otros dos criados, discurría qué papel había de corresponder a cada comparsa. ¿Quién era la plata, quién el cobre, quién el hierro, el cinc y quién el plomo?

Quizás Catalina fuese la plata, Pistorius tal vez el cobre, Makowski el hierro, Kepler el cinc y Octavio el plomo. En

mi cabeza desfilaban distintas combinaciones posibles y ninguna me parecía exacta ni evidente. Yo no era alquimista y
los secretos de la transmigración eterna me parecían impe-
netrables.

Y yo ¿qué era yo? Tardé largo tiempo en descubrir, a
posteriori, que yo era el agua fuerte y el Hradschin era el
huevo y el lagar.

# X

SUPE QUE EN LOS SÓTANOS DE PALACIO SE APIÑABAN los escribas. Había una enorme biblioteca negra horadada por tragaluces circulares llena de monjes rebeldes y de letrados mansos, de mujeres grandes y peludas con gafas atadas con cordeles, vestidas como hombres. Aquella tropa vivía en una perpetua noche. Copiaban romanceros medievales donde el alma y el cuerpo eran consumidos por el dolor del imposible, dentro de espirales de amor y de deseo. Textos catalanes, provenzales, portugueses, cuentecillos árabes y novelas bizantinas, nuevos tratados jesuitas de casuística, cantares de gesta altoalemanes, libros de medicina donde los elementos secos o húmedos bailaban danzas geométricas de repulsión y antojo, tratados de alquimia orlados de miniaturas deliciosas. En una esquina se agrupaban los orfebres y en los anaqueles cientos de volúmenes prohibidos se apiñaban.

«En algún lugar de la enorme biblioteca —pensé— quizá se encuentre el manuscrito de John Dee.»

Estuve dando vueltas como un pájaro sin rumbo hasta que el canciller Octavio me mandó llamar y me dijo:

—Éste no es sitio para usted. Que sea la última vez que lo veo aquí abajo. Se lo advierto.

# XI

A MENUDO ME ENTRETENÍA JUGANDO AL AJEDREZ CON los criados. Nos sentábamos junto al hogar de las cocinas y observábamos el lento avance de los peones hacia su extinción. Yo ya no tenía prisa.

Una noche, recuerdo que ya eran las doce, yo me encontraba, si cabe, más despierto. Entonces se me ocurrió algo y me dije: «Aquí estoy, dentro del castillo de Rodolfo, habiendo olvidado la razón de mi venida. Este castillo es como una droga hipnótica, circular, magnética. Mientras mi padre padece, yo juego, me regalo».

Y entonces tuve una visión nítida, abrumadora y lo vi: su cabello estaba blanco, su cuerpo enflaquecido. Recuerdo que llevaba la bata de faena y los chanclos raídos —él, que había sido el mejor zapatero remendón de nuestro reino—. Lo habían encerrado en una caja minúscula, tenía la boca abierta como un pez al que no llega el benéfico oxígeno del agua.

Supe que estaba muerto y enterrado.

Creo que salí corriendo como alma que lleva el diablo y nunca mejor dicho, y atravesé los pasillos en penumbra. Tardé cinco minutos en acceder al ala opuesta. Me costó trabajo avanzar por aquellos caminos atestados de objetos pesados y gruesos tapices.

De pronto me detuve. Desde la pared, un jardinero compuesto de hojas y de frutas, me contemplaba. Había algo demencial en su rostro irónico. Así era entonces el Hradschin: un espejo quebrado en mil añicos donde el rostro del emperador se reflejaba.

Continué mi camino prestando atención a los sonidos de la noche, los vaivenes, los llantos, los gemidos, el maullido del algún gato insomne, la letanía de algún rezo, algún ronquido.

En el recodo que reúne el ala norte con el ala sur, escuché pasos y vi una figura que se aproximaba tambaleándose. La imprecisión de sus pasos le prestaba un halo juguetón. Pensé que había abusado de los licores. Sonreía. Cuando estuvo a cien pasos en el largo pasillo medianero, supe que era el canciller Octavio. Traía un hacha de luz entre las manos. Fuimos aproximándonos sin prisa.

Pero cuando estuvo a tan sólo unos palmos de mí, la sonrisa se me heló en el rostro como un carámbano. Y es que el canciller Octavio me contemplaba con los ojos vaciados en sus órbitas.

Creo que di un grito y sólo entonces Octavio dio un paso en falso y cayó cuan largo era. Fue entonces cuando la antorcha se apagó sumiéndonos en la noche más oscura.

Octavio fue la tercera víctima.

Recuerdo que me arrebujé en un rincón, sin moverme, mientras un terror cual una oleada de bichos venenosos me silbaba en los oídos como el viento.

# XII

ES EL LIBRO DE JOHN DEE EL QUE PRODUCE LA CEGUERA —pensé yo—. Tanto Makowski como Octavio lo han contemplado muy de cerca. Y, ya se sabe, el que contempla fijamente el sol acaba quemándose los ojos.

Eso rumiaba yo en las largas noches de insomnio, temiendo por el destino de mi padre...

Morir pulverizado por los secretos subyacentes, arrancándose los ojos de maravilla, de horror, de desamparo al descubrir los designios secretos inescrutables del Altísimo. Aquello me hubiese resultado perfectamente lógico si no fuese porque yo mismo había tenido entre mis manos aquel manuscrito impunemente.

Pero, entonces ¿dónde estaba aquel libro?

# XIII

BORGES BEBE LENTAMENTE DE SU TAZA. EN LOS PASILLOS de la casa se oyen voces de mujer y revoloteo de abrigos.

Borges continúa.

*Marcus Marci se enderezó y tosió repentinamente. Era evidente que aquella historia no tenía ni pies ni cabeza.*

*El sepulturero se asemejaba a uno de esos peces subterráneos de piel lechosa. Y había algo extraño en sus ojos desajustados. «Quizás uno de ellos, ¿el derecho?, fuese de cristal», pensó Marci...*

*—Se lo aseguro, amigo mío. Rodolfo era inocente como infante de baba. En aquellos últimos años vivía como un autómata. Su existencia parecía regida por cientos de pequeñas actividades insulsas: contemplar el Durero nuevo, recibir a algún echador de cartas o, si no, ir a visitar al alemán en quien tenía puestas gran parte de sus esperanzas —los ojos bizcos de Zounek parecieron humedecerse levemente—. Empecé a apreciarlo. Porque no era un emperador malvado ni injusto. Era tan solo un hombre dolorido, con excesiva conciencia de Dios. Los espíritus profundamente religiosos son así. Incapaces de*

*ver en torno a ellos otra cosa que no sea la pregunta. No ven
más que la inescrutabilidad del cosmos y la cara de ese Dios
esquivo que se emboza. En cierto modo son inhumanos.*

—*Zounek* —*preguntó Marci*—, *¿conoce ya la historia del
hermano Bacon, del hermano Bongay y del busto parlante?*

—*Dígame.*

*Marci se levantó, sacudió su manto y contempló el hori-
zonte montañoso de su ciudad querida.*

—*Cuenta la leyenda que Bongay y Bacon, monjes franciscanos ingleses, se empeñaron en fabricar un busto y conseguir que hablase. Se decía por entonces en Europa que un busto
parlante había de revelar todas las verdades esenciales.*

»*Trabajaron durante meses utilizando sus conocimien-
tos mágicos. Consultaron infinitos libros y cumplieron con
infinitos rituales. Y llegó el día en que nada les quedaba por
hacer sino esperar.*

»*Se instalaron, pues, en torno al busto mudo y espera-
ron. Pero todo en vano. Pasaron horas y más horas, pasó un
día y luego otro. Al tercer día los dos franciscanos se sintieron
exhaustos. Bongay, que era menos voluntarioso y más débil de
carácter, fue el primero en quedarse dormido. Dicen que el hermano Bacon resistió algo más. Pero su cansancio era grande.
Supongo que se dijo que no le haría mal dar una cabezadita.*

»*Rogó a su criado Miles que hiciese guardia y que
—sobre todo— no dudase en despertarlo en caso de que al
busto rompiera a hablar.*

»*Miles le aseguró que vigilaría a la cabeza como a su propio hijo.*

—*Y ¿qué ocurrió?*

—*Pues que el confiado Bacon se quedó dormido y que
Miles se aposentó frente al busto con actitud reverenciosa.*

*Siguió las instrucciones a pies juntillas. Pero pasaron las horas y pasó un día y ya el criado empezaba a perder la fe, cuando a mediados de la segunda tarde, la cabeza abrió los ojos y dijo: "Es tiempo".*

*»El criado Miles no daba crédito. El también se sentía un tanto embotado. Pensó que quizás había oído mal. Pensó que quizás no mereciese la pena molestar a su anciano señor que dormitaba y decidió esperar una confirmación del suceso.*

*»Apenas habían pasado dos minutos cuando la cabeza volvió a manifestarse. Esta vez dijo: "Fue".*

*»Miles pensó entonces que, indudablemente, había llegado el momento de despertar al viejo monje. Se disponía a hacerlo, cuando la cabeza, acometida por una extraña agitación, terció de nuevo: "Ha pasado".*

*»Y entonces cerró los ojos para siempre.»*

—Y ¿qué me quiere decir con eso, señor rector? —preguntó el sepulturero remangándose la camisa.

—Quiero decir, amigo mío, que a menudo esperamos durante toda nuestra vida a que llegue algo. Pero, cuando llega, la mayor parte de las veces ni siquiera somos capaces de reconocerlo.

# XIV

ME CREA O NO ME CREA, VIVÍAMOS, DOCTOR MARCI, en un embudo. El castillo era un embudo donde no existía el tiempo, sólo Rodolfo con su mirada desorbitada. Era muy fácil caer en un estado semejante al hipnotismo. El lago te engullía y ya nada tenía importancia fuera del Hradschin.

A pesar de los acontecimientos, la vida transcurría, pues, de manera apacible, desubicada, magnética. Pistorius había tomado las riendas de la esfera privada del emperador.

Recuerdo que todos tratábamos de vivir con normalidad ignorando los signos funestos. Pero 1609 se acercaba irremediablemente. Rodolfo sufría y el resto del castillo sufría con él.

Todos éramos Rodolfo. Y sin embargo, como en cualquier cuento, y aquello era motivo de maravilla para mí, yo me había convertido casi por completo en aquel Renato, el paje de Bratislava. Era ya aquel joven de toda confianza, algo simple, confrontado con frecuencia a situaciones difíciles. Y esta condición me mantenía perpetuamente en duermevela.

Pero, ¿qué quedaba de Mauricio en mí? ¿Apenas un resquemor? ¿Una altivez mal definida?¿Cierta furia apagada? ¿Un sentimiento vano de injusticia?

En aquel último mes del año, sobre todo a partir de la muerte de su hermano, serví a menudo a la señora doña Catalina. Doña Catalina dormía cada vez peor. La que fuera durante veinte años la favorita del emperador, aquella que le diera seis hijos naturales, la dama misteriosa y bella, no era ya más que una mujer cansada.

En las cocinas se discutían a menudo sus virtudes. Casi todos la odiaban por su altivez y la tildaban de pretenciosa. Y, sin embargo, Catalina Stradovna nunca había anhelado posición alguna, jamás había pretendido poder ni honores, no molestaba a su señor con sus consejos, ni le contaba sus cuitas, era una perfecta compañera silenciosa.

—Una muerta.

Paseaba como alma en pena por los jardines de palacio, abrumada por el destino de sus hijos que habían heredado todas las degeneraciones congénitas de los Habsburgo.

En un principio Catalina me vio con desconfianza. Le disgustaba mi carácter «tan checo». Sin embargo, se vio forzada a requerir mis servicios como lector. Ha de saber, doctor Marci, que los criados de palacio no tenían muchas letras. Y yo no sólo leía con buena entonación y sentimiento sino que también era capaz de contar historias. Y eso me daba ciertas ventajas sobre el resto del servicio.

Me gustaba sentarme frente a aquella dama melancólica y desgranar versos complicados y fantasiosos, cuentecillos. La pobre debía de sentirse amenazada y muy sola en aquel palacio donde reinaban la superstición y la locura.

Catalina lloraba con frecuencia. Guardaba luto por su hermano Octavio y por Luigi, bastardo real que había nacido tonto.

Yo fui entonces el galán y el consolador de Catalina y el espía de Pistorius en el pabellón de las mujeres.

A menudo, Catalina y yo jugábamos a contar historias. Eran cuentos sentimentales de pajes enamorados, de pecadores arrepentidos, de caballeros ciegos que recobran la vista en peregrinaciones a Tierra Santa. Aquello le hacía sonreír y encendía sus colores.

Un día le pregunte:

—Señora ¿sabe algo de un manuscrito secreto donde la vida y la muerte están escritos?

Y ella me respondió:

—¿El manuscrito de John Dee? —y juraría que sonrió y yo pensé: «quizás sepa más de lo que parece»—. Desapareció hace años. Nadie ha sabido nunca descifrarlo.

# XV

UNA TARDE, ESTÁBAMOS AMBOS APOSTADOS JUNTO AL fuego. Ella arrebujada en una manta de brocado. Yo leía un poema de un juglar checo que dice:

*Señora, descubre tu galardón*
*porque la vida es breve*
*y todo lo que hay que decir ya está dicho.*
*Señora, muéstrame tu galardón*
*de uvas rancias y frescas.*
*Los cuerpos son suave noche*
*y yo no soy digno, señora, de navegar los mares.*

Y entonces Catalina se levantó y yo la vi por primera vez como lo que era: una hermosa mujer. Se acercó y me besó en la mejilla con algo semejante a la ternura. Sonreía.

—Los desaparecidos han de buscarse en las cuevas y en los fosos, hijo mío.

Catalina. Se levantó con las piernas ligeramente separadas y abrió las mantas que la cubrían y la vi frente a mí semidesnuda. Iba vestida con un calzón corto pero su pecho se escapaba de un corpiño de esos que usan las mujeres que crían. Tenía los senos grandes y caídos con grandes areolas oscuras.

Allegué mis manos temblorosas y la acaricié durante unos segundos pero enseguida farfullé un par de excusas y me escabullí por la puerta.

Aquella fue la última vez que la vi.

# XVI

ERO NUNCA OLVIDÉ SUS PALABRAS. A PARTIR DE AQUELLA tarde, empecé a frecuentar los calabozos y los fosos. Buscaba la oscuridad y los lugares secretos. Pedí a Pistorius que me permitiese supervisar el cuidado de los presos pero en ningún momento me fue dado ver la blanca cabellera de mi padre. Empecé a pensar que quizás se lo hubiesen llevado al observatorio de Brahe donde Kepler, el *cesarius,* pasaba ahora temporadas.

Una mañana escuché como el jefe de las cocinas y el mayordomo discutían:

—No lo diga usted muy alto. ¿Sabe usted que hemos cosechado ya a otro campesino para el cadalso?

—Y ya van cinco. ¿Qué había hecho el pobre muchacho?

—Lo atraparon robando en los gallineros del castillo. Vociferaba como un loco. Dijo que unos cuatreros lo habían desvalijado en el camino. Que había perdido todo su dinero y las cartas de sus amos. Que tenía prometido un puesto de paje en el castillo. Un pobre diablo. Daba pena. Tenía los labios azulados y las manos negras.

—Dicen que el hambre corre como una doncella despeinada extramuros.

—Es verdad. El invierno está siendo duro.

Ellos no lo sabían pero aquel pobre diablo era mi sosias invertido, mi otro yo, el verdadero Renato extraviado. Yo lo supe.

# XVII

EL PADRE PISTORIUS PARECÍA ESTAR EN EL CENTRO DE toda salvación, como el ojo de un embudo que apuntase hacia el cielo o hacia el suelo. Una vez lo contemplé acariciando el rostro imberbe de un niño. Aquel gesto de piedad se me antojó infame.

El jorobado lo odiaba. Contenía la respiración y apretaba los dientes a su paso.

—¡Ese meapilas! —decía—. Jura fidelidad y su corazón está lleno de inmundicias.

Pero su reputación era irreprochable. Pistorius y el emperador se veían con frecuencia. El sacerdote solía llegar a caballo temprano por la mañana. Venía de escuchar misa en la iglesia de Nuestra Señora de la Victoria. Se presentaba a eso de las diez, vestido pobremente y con un rostro coloreado por el licor.

El emperador lo esperaba a veces sentado sobre el trono, anhelando el consuelo sacramental, pero con frecuencia había que buscarlo en la sala del Tesoro donde se refugiaba algunas noches. Pistorius y yo lo encontrábamos abrazado a algún collar de ámbar precioso, envuelto en la gruesa fábrica de mantos y brocados, como un niño a quien atemorizasen la soledad y el frío.

Pistorius se lo llevaba a menudo envuelto en su propio manto a la gran sala.

—Majestad —decía cabizbajo como pidiéndole perdón.

—No te inquietes Pistorius. Comulgaré y haré cuanto desees.

Pistorius, que parecía realmente dolorido, no contestaba.

# XVIII

UN DÍA, DOÑA CATALINA IRRUMPIÓ EN LOS APOSENTOS reales. Iba descalza y con los cabellos sueltos como Ofelia. Se arrodilló frente a su señor Rodolfo y, regando sus botas con lágrimas y ruegos, le dijo:

—Señor, os he amado y os amo todavía como amo a Praga. Pero no podéis pretender que olvide a mi propia sangre, a vuestra sangre. Os he dado mis primicias, he consagrado a vos mi juventud. Ahora que ésta se agosta, debo haceros un último ruego:

»Mi señor, volved a acoger a vuestro hijo Giulio en la corte y con él a vuestra hija Margherita. Si no lo hacéis —y en este momento sus ojos se aguzaron e hirvieron como los ojos del basilisco— morirán como extraños en ese palacete inmundo de Gratz (¿Recuerda la canción —me preguntó Zounek— «sobre la colina de Gratz luce una manzana que es la luna...»), rodeados de alimañas, lejos de todos...

»Giulio ya tiene veinte años y merece el afecto de un padre y la atención de esta su madre que lo añora.

»No me privéis del consuelo de acariciar sus cabellos y los de mi hija.

»Sea lo que sea lo que han hecho, nada es tan grave para que vos no podáis soportar su presencia.

»Hacedlo por mí que tanto os he amado, que nunca he ambicionado nada que no fuese vuestro amor.

Pero el emperador que aquel día estaba decaído hizo que se la llevasen en volandas.

—Querida, debes descansar, estás nerviosa.

# XIX

A QUÉ ESTABA ESPERANDO YO, SE DIRÁ USTED. AHORA que me aproximo con la cabeza bien alta al día y a la hora de mi muerte puedo decirle que no la esperaba a Ella como creí entonces, supongo que yo era como un alquimista que contempla la fermentación de la materia enferma, que espera que las cosas se resuelvan por sí mismas.

Y sin embargo, no fue así.

Recuerdo que el emperador recibió en el salón del trono el nuevo año. Fue un día trágico, seguido de una noche trágica. El castillo estaba sobrecogido por la aprensión. Reinaba el silencio y hasta los niños dejaron de jugar y los pájaros detuvieron sus cantos en las jaulas. Rodeado de sus siervos, sabios y magos venidos de las cuatro esquinas del orbe, Rodolfo quiso brindar con aquellos a quienes llamaba sus amigos, aquellos en quienes cifraba su esperanza.

Allí pude ver por primera vez a Kepler, el alemán. Acababa de llegar de Gratz donde tenía su observatorio. Me pareció bastante joven. Llevaba el cabello suelto y la barba descuidada. Iba mal vestido pero tenía una expresión amable en los ojos claros. Su mujer estaba muy enferma y pasaban mucha necesidad —me dijeron.

Rodolfo nunca había obsequiado a Kepler con la deferencia que le había merecido Brahe. ¡Vaya usted a saber sus razones para esto! Rodolfo había temido a aquel fantoche de nariz de oro y anteojos pero a Kepler apenas lo respetaba tibiamente.

Y sin embargo, el pobre Kepler parecía feliz brindando en compañía de su amo.

Yo no sabía que por entonces el alemán estaba empezando a utilizar un extraño invento procedente de Italia. El anteojo. Combinación de lentes y espejos aparejados por un florentino de nombre Galileo, matemático oficial de la universidad de Padua.

Supe después que con el anteojo era posible observar el cielo nocturno y estudiar la luna.

Aquella noche, los chambelanes hicieron sus votos, se alzaron las copas, unas danzarinas turcas bailaron unos bailes licenciosos. Mientras tanto Kepler cavilaba: «¿Y si aquellas manchas en la cara de la luna no eran otra cosa sino mares? ¿Y si Venus estuviese rodeada de planetas que como gemas engastaran su corona?».

Frente al trono, algunos niños nobles jugueteaban vestidos de angelotes. Las duquesas y las marquesas reían muellemente. Pero una inminente tempestad amenazaba la velada.

Era casi medianoche cuando el emperador pidió silencio y se alzó en el medio de la sala. Todos callaron. A lo lejos se escuchaba el ulular de una de esas lechuzas que sobrevuelan los cielos de nuestro país, consideradas por la sabiduría popular como encarnaciones de brujas y de hadas.

El emperador se dirigió a Kepler ante todo el colegio de astrólogos:

—Amigo, dígame ¿cómo será el año venidero?

El rostro del alemán se ensombreció. Tardó unos minutos en contestar:

—Señor, como bien sabe, los presagios a veces… —hizo un esfuerzo y la fuerza de la convicción inundó su rostro—. Pero el mundo, el mundo sigue siendo, a mi entender, manifestación indudable de la bondad divina.

Se formó un revuelo entre los magos.

—¿Insiste, pues, Johannes, en que este nuevo año traerá desgracias?

—Lo siento, señor. El gran geómetra…

—Y ¿el resto de mi colegio está de acuerdo? —se oyó un ruido de pies y la respiración de un gran monstruo. Eran los astrólogos que contenían el miedo.

Un monje se adelantó. Se llamaba Lucio, era primo hermano de Lutero. Rodolfo lo respetaba y lo temía.

—Señor, ha llegado un galeno de Turingia —dijo—. Predica una nueva disciplina milagrosa. ¿Querrá su majestad dignarse a recibirlo mañana a la mañana?

El emperador perturbó la enorme estancia levantándose. Llevaba en la mano la corona de ágata.

—Lo sentimos, señor —dijeron todos a coro como una sola bestia jadeante.

Rodolfo pareció entonces alterado, enrojeció. Vaciló como si las piernas no pudiesen sostenerlo. El padre Pistorius había aferrado su mano ensortijada.

—Siéntese. Haga el favor.

—Que me traigan la campanilla de llamar a los espíritus.

—Señor, no es buen momento para jugar a esos juegos.

—Obedezca.

Y Rodolfo comenzó el año así, sentado sobre su trono infernal mientras los sabios y los artistas sentados en torno a él repetían toda su liturgia desesperada de plegarias al Malo.

—Oh tú, Señor de las Tinieblas. Socórreme. A ti y no a Mathias, mi hermano, el que conspira contra mí, daré la mitad de mi imperio y un lugar en la cabecera de mi cama.

# XX

CADA NUEVO DÍA, RODOLFO SE LAVABA CON AGUA recogida en unos regatos milagrosos de Polonia. Evitaba santiguarse pues sentía una repulsión supersticiosa hacia las cruces. «Tras ellas se esconden poderes incontrolables y malignos», afirmaba, agitado por escalofríos. Tras su taza de *tschaj,* bebía dos sorbos de un elixir milagroso, hecho con jarabe de jengibre.

Me llamaba y yo acudía: lo ayudaba a vestirse. Poco a poco había ido acostumbrándose a verme. Se dirigía a mí con frecuencia, pero yo, siguiendo todas las indicaciones recibidas, me callaba.

No podía, sin embargo, no escuchar.

—A veces me pregunto si no sería mejor darse la vuelta y plantarle cara a la desdicha —murmuraba—. Sé que viene, sé que llega, que se acerca paso a paso, de puntillas. No estoy sorprendido. Siempre supe que este año iba a ser abominable.

Y se quedaba contemplando, a través de las ventanas, el fulgor repentino de los bosques nevados, llenos de fieras y de vida.

—Es extraño. Yo sé que este país nunca me hará ningún mal. El mal vendrá de fuera. A veces pienso que quizás provenga del convento de los capuchinos, de los nuncios del papado. O de mis hermanos que sólo sueñan con desgarrar mi imperio y hacerse con él fincas de caza. Pero el enemigo pudiera ser más intestino, palaciego.

Presiento la desgracia, delicuescente, acercándose de puntillas. Pistorius dice que tengo miedo de la guerra, que sólo escucho los timbales de quienes se preparan para asolar Europa.

Yo asentía, con las manos vacantes, y me derribaba una ternura inmensa hacia aquel enfermo hijo de reyes abandonado de todos. Tragaba saliva para no responder.

A finales de enero del nuevo año, Rodolfo empezó a pedirme que le cambiase el tibio *tschaj* por una jarra (a veces dos) de vino moravo. No hubiese podido rehusar, nunca lo hice.

A veces me sentaba frente a mi emperador y lo contemplaba escribir con pluma de ave aquellas confesiones que carecían de destinatario. ¿A quién sino a un paje inofensivo hubiese podido revelar su estado de ánimo extraño, tenebroso, la fragilidad de quien pende de un hilo sobre un nidal de milanos o de sierpes?

# XXI

UN DÍA LO ENCONTRÉ OVILLADO SOBRE LA CAMA. SE aferraba a la almohada, sacudido por un llanto silencioso.

Yo le dije (y hablaba por primera vez como un adulto):

—Señor. Nada ocurrirá.

Rodolfo me miró como si, por primera vez, me viese.

—¿Tú qué sabes, muchacho?

Tardé en responder mientras lo ayudaba a enderezarse sobre el lecho. En su rostro se dibujó una mansa sonrisa esperanzada.

—Su Majestad teme que su cuerpo lo abandone, teme que aquellos que lo han amado lo abandonen. Pero su majestad ignora que nada sino la vida merece la pena, la vida fugaz, temerosa y llena de espinas, como la rosa que florece en los matojos...

»Mi padre, que fue un adepto destacado, cuando yo no era más que un niño, me dijo que existe una plenitud y una redonda coherencia, me dijo que aquel que consigue ver la cuadratura del círculo, las longitudes y las proporciones de las estrellas en el espacio, aquel que ve el mundo sólo como juego de luces y de sombras armoniosas, está ya fuera de todo peligro porque vive ya en la luz y nada, ni la muerte, puede tocarlo con sus manos tiznadas, con sus garras.

Rodolfo se quedó mirándome estupefacto pendiente de mis manos, del ademán cambiante de mi rostro.

—Eso dicen.

Me quedé junto a él y arrimé a sus labios trémulos un sorbo de la infusión matutina. Rodolfo bebió y volvió a interrogarme con una vehemencia que me resultó incómoda. Parecía como si el rey de Bohemia se hubiese propuesto dejar su futuro a merced de mi fe en el mundo.

—¿Sabes? He pagado a todos los magos para que me abran las puertas del conocimiento y ninguno me ha dado más que atisbos. ¿Acaso ha de ser un niño quien dé paz a mi pobre alma macilenta?

Me enderecé y traté de retirarme, había recordado que yo era su asesino, pero los dedos nudosos de mi rey me retuvieron. A la sazón fui consciente de que aquel cuerpo que reinaba sobre el mundo, desprendía un olor ácido a enfermedad y a muerte. La juventud abomina de la vejez pero la vejez se pirra por los años mozos, es bien sabido.

¿Qué hubiese hecho usted? ¿Hubiese usted detestado a su señor? Algunos lo hubiesen abominado al sentirlo tan próximo y rendido. Pero yo ya lo amaba, lo amaba con el firme amor que el pueblo checo siente por su padrecito, con los arrestos apasionados del novicio por el hombre llagado y moribundo.

Cuando regresé a las cocinas, las encontré desiertas, tan sólo una de las camareras se calentaba al calor del hogar mientras un gato ronroneaba entre sus pechos desnudos.

# Tercera Jornada

Borges mira al techo de la habitación como si mirase las estrellas y me dice:

—Es curioso, ¿no conoce la historia de aquel ciego, Demócrito, que se arrancó los ojos en un jardín para que no le estorbara la contemplación del mundo externo?

—Sí, recuerdo su poema. Aquel en que dijo: «El tiempo ha sido mi Demócrito».

—¡Ah, lo ha leído! Pues a veces pienso que aunque en verdad yo ahora estoy ciego, como lo estuvieron mi padre Jorge Guillermo y mi abuelo Francisco, quizás esta ceguera mía no sea solamente una desgracia sino algo más que se me escapa.

Asentí y quizás él presintió que yo asentía porque me dijo corrigiéndose:

—No me cuelgue el sambenito de la resignación, sea cortés. Yo nunca he sido resignado —suspiró—. Además, pienso en todos esos libros que están tan cerca y tan lejos de mí, y me basta eso para querer ver. Y hasta llego a pensar que si yo recobrara la vista, no saldría de mi vieja casa en la calle Maipú, y me pondría a leer todos esos libros que tengo allí y que apenas conozco en realidad pues los conozco sólo a través de la memoria, que modifica las cosas.

»Bueno, no me haga caso. Ya sabe: "Esta penumbra es lenta e indolora". Prosigamos.

# I

EL UNO DE FEBRERO DE 1609, NOS DESPERTARON UNOS gritos espeluznantes. Parecía como si el castillo entero se estremeciese de dolor intestino. Corrimos, aullamos, acudimos al centro mismo del espanto.

En medio del salón del trono una hermosa figura ciega sonreía. En torno se agrupaba una decena de personas descalzas, con gesto obtuso.

La puesta en escena me pareció digna de respeto.

—¿Digna de respeto? —le pregunté yo.

—Era bella. Recordaba a un lienzo holandés. Parecía un descendimiento de la cruz. La mujer era hermosa, estaba desnuda de cintura para abajo y sus pechos parecían extrañamente plenos. El verdugo había crucificado a su víctima sobre la pared utilizando unos gruesos clavos dorados.

Tenía las cuencas vacías como sus predecesores. Me acerqué. Había algo familiar en aquel cuerpo armonioso. Extendí una mano y toqué una de sus piernas donde la sangre dibujaba garabatos leves. Entonces comprendí que se trataba de Catalina.

En la pared alguien había escrito el emblema real: *Adsit.*

Rodolfo frente al cuerpo, inerme. De sus ojos caían lágrimas gruesas, derrotadas. Venía en camisa, con la cabeza desnuda. Recuerdo que me pareció frágil como un campesino despertado en plena noche. En torno a él se hizo el silencio. Los servidores, los cortesanos, Pistorius, todos estábamos paralizados, no tanto por el horror de aquel retablo, sino por la evidencia de que nuestro señor Rodolfo lo presenciaba. Nadie reaccionó, hasta que Pistorius se precipitó hacia el emperador ofreciéndole su propio manto y trató de alejarlo de la escena.

Pero entonces Rodolfo alzó su cabeza con una dignidad desconocida, la dignidad de pasados días de gloria, la dignidad del emperador ante su corte. Y rechazó con algo semejante al desprecio el gesto de Pistorius.

## II

FUE PUESTO AL CORRIENTE DE LO OCURRIDO EN PALACIO desde hacía meses.

Y el cinco de febrero se celebraron unos solemnes funerales en San Vito por las cuatro víctimas de 1609. El emperador asistió y rezó en medio del pueblo de Praga por la salvación de la ciudad.

Ese mismo día por la tarde, mandó que le trajesen su Durero favorito. Se lo amarró al pecho estrechamente. Al anochecer se quedó dormido envuelto en él.

—Si al menos entendiese qué hay que hacer —murmuraba suplicante.

# III

PERO LA SABIDURÍA ES COMO EL AMOR, RUEDA POR TODAS las manos y se desgasta. Es sabio el más pobre de los mendigos y el más rico de los cortesanos es un tonto.

A finales de aquel mes, me fue dado escuchar la voz de mi padre en el fondo de una fosa de la parte este del Hradschin. Era conocida como la fosa dorada por los extraños líquenes que tapizaban sus muros, húmedos y fríos. Allí iban a parar todos aquellos que hubiesen atentado contra la religión y las buenas costumbres: bandidos pendencieros, falsos magos, charlatanes, herejes sanguinarios o salteadores de caminos.

Un viejo criado se ocupaba de descender, una vez al día, a través de las poternas, la comida y el agua. Utilizaba una polea. El olor a podredumbre que ascendía de la ergástula era tal que los ojos del servidor acababan irremediablemente llenos de lágrimas.

Todos los pobres diablos allí presos estaban a la espera de un hipotético juicio. Pero alcanzaban a vivir muy poco. Casi todos eran inocentes, muchos de ellos incluso virtuosos. En general, acababan falleciendo a causa de fiebres antes de que el juez imperial les dejase contar su historia.

Aquel día, aprovechaba yo mi tiempo libre para recorrer las partes más septentrionales y más oscuras del Castillo. Buscaba a mi padre. Él comprendía la vida, comprendía su profundidad, su necesidad, su unicidad. Él había transmutado el plomo en oro, había bebido del agua alquímica y era capaz de divisar torrentes de belleza en los estercoleros, era capaz de descubrir la perfección que subyace en la dispersión y en el miedo.

El guardián de la fosa dorada se llamaba Orestes y era ciego. La subida de los ácidos había terminando por corroerle las pupilas. La fina membrana blanca se espesaba día a día ante sus ojos. Caminaba ya muy mal, era muy viejo. Accedió a conducirme hasta el más olvidado de los pudrideros.

—Yo mismo, de joven, padecí también los rigores de la fosa —me dijo.

—¿Sí?

—Pecadillos de juventud, ya se sabe.

—Y ¿cómo consiguió salir?

—Me salvó mi buena voz, pues, a pesar de las incomodidades y del hambre, me consolaba cantar.

»Cantaba pues motetes día y noche, motetes dulces y esperanzados que pugnaban por salir a través de las poternas y se quedaban temblando suavemente entre los chopos florecidos.

»Y una tarde la providencia quiso que uno de aquellos jirones llegase a oídos de un chambelán que paseaba por el parque. El chambelán estaba aquel día enamorado, era primavera, o quizás se sintiese fuerte y magnánimo. ¿Quién sabe? Pues de inmediato me mandó llamar, me concedió la libertad y me salvó la vida.

—Hermosa historia.

Desde entonces, y durante más de cincuenta años, Orestes había custodiado la fosa dorada. Cumplía con sus deberes escrupulosamente, no se le conocían debilidades ni licencias.

Era intratable con los presos, ¡la disciplina es la disciplina! —proclamaba—. Aun así, no dejaba de llorarlos si morían. Me temo que su llanto no era más que una manera de reprocharles su abandono. Pues Orestes era, a pequeña escala, como un monarca que reinase sobre un pequeño y putrefacto territorio.

—Cada vez me quedo más solo —había dicho apoyándose en mi hombro mientras nos acercábamos a la boca de la fosa—. En la fosa sólo quedan seis. Anteayer tuvimos que retirar otro cuerpo. ¡Las chinches, ya se sabe! ¡La humedad!

Le ayudé a amarrar el primer pote a la soga y entre los dos bajamos la comida lentamente, con cuidado para no derramarla. En el fondo de la fosa se oyeron rumores de placer y, al tiempo, bullicio de descontento, alguna queja.

—¡Otra vez esta inmundicia!

—¡Preferiría morir ahora mismo y no seguir infectándome el estómago con heces de vaca y de cochino!

—Somos seres humanos, viejo cascarrabias, no animales —gritaron desde lo oscuro.

Y fue entonces cuando escuché una voz conciliadora que decía:

—Siéntate Vladimir, comamos. «Dios, la naturaleza y las artes espagíricas no hacen nada en vano.» Descansa.

# IV

PISTORIUS NO PARECÍA MUY CONTENTO. SE PASEABA ojeroso por los aposentos reales y de vez en cuando espetaba un juramento. Había abandonado su cuidado personal. Daba la impresión de llevar varios días durmiendo vestido, varios días sin peinarse la nudosa barba. Me miraba con recelo. Cuando yo penetraba en la misma habitación, se apresuraba a darme la espalda y un par de veces, en mi presencia, se quedó contemplándome con espanto.

Aquel día, regresaba yo a las cocinas, caminando premiosamente, distraído por una maraña de pensamientos enfrentados. Me sentía contento porque acababa de hallar a mi padre y al mismo tiempo estaba cabizbajo: cavilaba. «Habré de esperar para acceder a la fosa dorada con Orestes —me dije—. Cuando muera uno de los presos me ofreceré para retirar el cadáver y podré entonces hablar con él.»

Algo parecido a la dicha me inundó el pecho. Creo que me sonrojé. Escuché a lo lejos el canto de los doscientos relojes de cuco del emperador y el sonido mecánico de los autómatas que emprendía su danza exacta frente al salón del trono, tras la lejana puerta, al fondo del pasillo interminable.

Y de pronto un basilisco saltó sobre mí, una fiera que me desgarró las mejillas con sus largas uñas afiladas. Tenía largas guedejas y vestía una túnica de estameña muy burda. Acercó su rostro a mí y con una larga lengua acarició mis labios asqueados. Cerré los ojos para no ver el furor de sus ojos ocres.

Ya ni siquiera luché por debatirme, caí al suelo derribando una vasija. Cuando volví a abrir los ojos ya no estaba.

# V

RODOLFO SE HABÍA OFRECIDO A COMPLETAR MI UNIFORME corto con una capa escarlata y aquello significó, ante los ojos de mis compañeros, algo semejante a un ascenso. El emperador declinante requería mis servicios cada vez con más frecuencia y, su rostro abatido, buscaba entonces mis manos. Me decía:

—¿Por qué he de creer que tú me serás fiel, si nadie, ni el más pequeño de los seres, ha podido amarme?

Yo evitaba responder pero me quedaba a su lado. Rodolfo parecía extraer un consuelo particular de la contemplación de mi rostro. A veces me ordenaba que me empolvase las mejillas y que resaltase mis labios con carmín escarlata, como si fuese una doncella. A mí aquello no me disgustaba, reposaba mi cabeza sobre sus rodillas y me dejaba ir acunado por toda aquella caterva de historias absurdas y hermosas que Rodolfo sabía contar como ningún otro.

Me hablaba de la brutalidad de aquella España que había conocido de niño y de la cuaresma en Valladolid o en Salamanca, del sonido de los cuerpos lacerados en los Autos de Fe que eran como «ágapes de amor a la luz de las antorchas», rituales negros a los que asistiesen doncellas y niños, celebrados en medio de un embriagador perfume de naranjos.

Me hablaba de la inteligencia y de la inflexibilidad del rey católico que había buscado en todo momento casarlo con Isabel Clara Eugenia, la niña de sus ojos. ¡Pero él no había sido tan manejable como Felipe y su madre habían esperado en un principio! En ningún momento había ignorado la dote que la infanta exigiría: el triunfo de los rigores de la contrarreforma en la tibia y rebelde Corte de Praga.

—Me tomaban por tonto. Decían que era frágil pero se equivocaban. No soy frágil, soy flexible, capaz de oponer toda la fuerza de mi inercia a todo aquel que me empuje a tomar decisiones injustas. No se me ha entendido, yo no creo que obrar sea necesario. Creo que más vale abstenerse antes que derramar la sangre de un solo ser. En este mundo todo forma parte de una incomprensible sinfonía.

Yo me dejaba ir con el rostro embadurnado de afeites mientras mi viejo padre se deshacía en el fondo del último pudridero del Hradschin.

Pero enseguida, tuve ocasión de regresar a la fosa. Un hombre murió y Orestes me mandó llamar.

# VI

EL CARCELERO ME ESPERABA EN LA LÚGUBRE CABECERA de la fosa, rodeado de esas plantas que sólo prosperan en medio de la fetidez y de la muerte. Sonreía: sus ojos parecían vueltos hacia dentro.

Me dijo:

—Uno menos. La vida es un valle de lágrimas y nuestro cuerpo servirá de pasto a los gusanos.

Ni asentí ni dejé de asentir, tragué saliva. Mis labios se movían sin que yo pudiese controlarlos.

Preparamos en silencio la escala. Luego, entre los dos, levantamos la trampilla que cubría aquel pozo donde ni siquiera la luz del sol se aventuraba.

Descendí yo primero. Orestes me tendió una daga y me aconsejó que la esgrimiese desde el principio para evitar malentendidos.

—Son como animales —dijo—. No lo olvides.

Las lágrimas provocadas por las densas exhalaciones inundaron mi rostro.

El descenso fue largo y trabajoso. Me abrí camino en la oscuridad a través de una atmósfera pestilente. En el fondo del pozo se divisaba la blanda luz de dos candiles. Los dos círculos de luz no iluminaron cuerpo alguno. No vi sino un bulto pendiente de una alcayata, envuelto en algo que me pareció un saco.

Apenas hubieron mis pies ollado el suelo y cinco de aquellos tipos se abalanzaron sobre mí. Eran seres destruidos por el hambre y el encierro. Parecían salidos de un pantano. Gritaban. Me desgarraron la ropa. Un tipo de gran talla me tomó por el pescuezo y trató de estrangularme mientras sus compañeros lo jaleaban a un ritmo espasmódico, bestial.

Estaba a punto de perder conocimiento cuando recordé la daga. Sobreponiéndome, recuperé el aliento, les dije a los demonios de la muerte que esperasen, y liberé la daga de mi cinto.

La situación se invirtió de inmediato. Tuve entonces al gigante arrodillado ante mí con la afilada hoja al cuello. Y pensé: «Ya va siendo hora de probar la sangre. Podría hincar esta hoja blanca una y otra vez y experimentar lo que sienten los asesinos, los soldados, las fieras. Dicen que matar es un placer inefable. Pero ¿qué sé yo de placeres? Lo mataré porque tiene ojos amarillos de lobo y porque hace unos segundos deseaba desgajar mi cuello como una tierna fruta y ahora me contempla babeante y suplica con las gruesas manos unidas y pone por testigo al Señor Misericordioso y a la Virgen Santísima».

—Cobarde —dije, mientras apretaba la daga contra su piel—. Así aprenderás a ser más cortés con tus huéspedes.

Y de pronto en la fosa dorada todo fue silencio, los otros prisioneros con brazos huérfanos se alejaron de la luz y una voz severa me respondió desde la sombra:

—Mauricio, detente. No lo hagas.

# VII

UN DÍA EL EMPERADOR ME HABLÓ SOBRE JOHN DEE Y sobre el infortunado Kelley.

El gran mago Dee había llegado a Bohemia en la década de los cincuenta. Provenía de Inglaterra donde había sido protegido de la reina Isabel e amigo íntimo del duque de Northumberland. Lo acompañaba un personaje extraño, Kelley, un charlatán a quien el verdugo había cercenado las orejas. Ambos venían de visitar a Stephan Bathory, el príncipe rebelde de la cercana Polonia.

Me dijo que John Dee poseía entonces una bola de cuarzo tallado a través de la cual invocaba a ángeles y arcángeles. Era un consumado taumaturgo, curaba la hidropesía, la viruela y hasta la peste, había trasmutado el plomo en oro y dominaba la lengua de Adán, el primer hombre. Llegó con su hijo, el pequeño Arthur, con su esposa Mamellonia y con el desorejado Kelley. Entraron en Praga en burra como la Sagrada Familia. La leyenda decía que a su paso sobre el puente de Carlos llovieron pétalos de rosa.

John Dee era sabio, virtuoso, noble, pero Kelley, en cambio, era un demonio, un sacamuelas, aunque de vez en cuando consiguiese realizar algún prodigio. Se decía, por ejemplo, que había efectuado la transmutación para varios señores polacos pero que aquello había sido todo. Vivía de sablazos, de arruinar a incautos, de orquestar exhibiciones trucadas ante algunos personajes de la corte. Cuando Dee regresó a Inglaterra para recuperar sus propiedades, Kelley no quiso acompañarlo pues venía de casarse con una hermosísima noble checa. Deseaba permanecer en Bohemia donde se estaba construyendo, según él decía, una reputación. Aquello fue un error.

Llegaron otros alquimistas y otros charlatanes y los anteriores cayeron en desgracia. Kelley fue poco a poco perdiendo su influencia y sus ingresos fueron haciéndose cada vez más magros. Tuvo que vender todas sus posesiones y hasta las joyas de su fiel esposa. Llegó a transmutar ante campesinos y curas viejos en la plaza del mercado. Una criada calva pasaba tras él la escudilla de cobre reluciente.

La gente baja lo quería bien pero, indudablemente, se había hecho muchos enemigos en la corte. Hubo acusaciones. Rodolfo se vio obligado a mandar que lo encarcelasen en la Torre Blanca bajo sospecha de espionaje.

El pobre Kelley trató de escapar de su encierro sirviéndose de una soga que alguien le había facilitado desde el exterior. Pero la soga se rompió y Kelley cayó al foso del castillo quedando tan malherido que fue necesario amputarle la pierna derecha.

La segunda vez, tan sólo dos años después, el tullido desorejado dio con sus huesos en la cárcel por simulador y fraudulento. Tras esperar durante meses una amnistía imperial que no llegaba, planeó una nueva huida. Pero la fatalidad quiso que se repitiese la desgracia. La soga de la que colgaba, al intentar escapar por la poterna, volvió a romperse y

Kelley se destrozó su única pierna estrellándose contra el foso abrupto.

Rodolfo era un emperador magnánimo y un hombre bueno. Se apiadó de aquel hombre con quien se ensañaba de manera tan extravagante el destino y permitió que su esposa le administrase un veneno que acabara así con sus dolores.

—Pero ¿y Dee? —indagué yo.

Rodolfo se enderezó en su trono, liberó las manos perennemente enfundadas bajo el manto y me dijo:

—Cuando murió Elizabeth, Dee tuvo miedo y decidió regresar a la ciudad de Praga. Tanto me suplicó que yo volví a readmitirlo bajo mi protección. Kelley ya había muerto y el noble Dee lloró por él durante días. Dee era un hombre fiel. Lamentó mucho no haber estado presente en el momento de la desgracia. Quizás Kelley hubiese podido salvar la vida con su ayuda y la del Altísimo. Pero, ya se sabe, la historia está escrita con letras invisibles.

»Le consigné los aposentos más lujosos del ala filosófica de palacio y allí se instaló con su hijo Arthur, que ya era un mozalbete de doce años, y con su esposa. El inglés trabajaba sin cesar.

»Presencié varias predicciones milagrosas, anunció la caída de Lobkovitz y la muerte de mi hermano, predijo el desastre de la gran Armada y la masacre de las Alpujarras donde tantos sabios mudéjares fallecieron. Recuerdo que traté de prevenir a mi madre, a la infanta María, pero todo fue en vano, conocida es su testarudez. Todo fue en vano.

»Y de pronto, empecé a observar cómo aquel que era mi más preciado servidor, John Dee, palidecía, se agostaba, como una planta sin sol. Estaba trémulo, tenía los ojos enrojecidos y empezó a encorvarse como abrumado por una tarea sobrehumana.

»Pensé que quizás fuese el dolor de la pérdida, que como la brea persiste y se aferra a nuestras almas. Pero Dee no mejoraba, su renombrado vigor disminuía.

»Lo mandé llamar. Me interesé por la comodidad de su alojamiento, por la salud de su esposa y por la educación de su hijo. Le pregunté que era aquello que lo tenía preocupado. Empezó contestándome con evasivas pero, ante mi insistencia, consintió en revelar el motivo de su aflicción.

»—Llevo dos años, majestad —me dijo—, anclado a mi obrador de trabajo. Tengo entre mis manos un papiro misterioso, burdo, no muy rico. Este papiro llegó a mí por medio del señor duque de Northcumberland que, con el propósito de limpiar los conventos de Inglaterra de escritos secretos, a instancias de su Majestad la Reina Elizabeth ha peinado bibliotecas, archivos y graneros, haciéndose con cientos de herbarios, misales invertidos y libros cifrados, muchos de ellos adjudicados al canónigo Bacon.

»Recuerdo que aquí hizo una pausa y respiró, mesándose los cabellos pelirrojos.

—Northcumberland es gentilhombre y súbdito fiel pero es, asimismo, un hombre de letras y un adepto avanzadísimo. Su devoción por el canónigo Bacon, aquel de quien se dijo que convertía a las mujeres en demonios y a los gatos en vendedores ambulantes, es enorme.

»Aún no consigo comprender cómo consintió en desprenderse de este llamado *manuscrito alfa,* el más misterioso, el más hermético. Quizás la desesperación de aquel que se golpea incesantemente contra la oscuridad contribuyó a que desease poner agua de por medio entre el manuscrito alfa y su persona.

»Su majestad me pregunta por qué tengo el rostro macilento. Ya lo sabe. Llevo dos años peleando con este libro misterioso. He probado sobre él todas las fórmulas conocidas y ninguna ha dado resultado.

Tras decir esto, John Dee suspiró como si llevase todo el peso del mundo a sus espaldas.

—Desde hace unos meses, empiezo a experimentar una desesperación penetrante y obsesiva. Apenas he conseguido descifrar algo del primer pliego donde se dice que «este libro relata cómo el vil metal puede transmutarse y salvarnos de la muerte».

»¿Acaso su majestad no conocerá un comprador susceptible de poner sobre la mesa seiscientos ducados?

# VIII

AQUEL GRITO DE ADVERTENCIA ME ASUSTÓ. SOLTÉ EL cuello del gigante y la daga cayó rodando y desapareció fuera del círculo de luz. Los cautivos se habían agrupado en una de las esquinas de la mazmorra, inquietos como damiselas. Iban vestidos con camisones largos de sarga que apenas cubrían sus pies desnudos. Hacía frío y se arropaban con un par de mantas húmedas como bien podían.

Tuve miedo. Y sin embargo cuando dirigí una de las candelas hacia ellos me di cuenta de que no eran más que cinco viejos. Uno, con largas barbas blancas y voz autoritaria, se acercó hacia mí. Me tocó con sus manos sarmentosas. Tardé unos segundos en comprender que era mi padre.

No lloramos, no nos mesamos los cabellos ni invocamos, exangües, a los santos. Mi padre era hermano moravo y censuraba el sentimentalismo entre los hombres. Nos abrazamos con cierta cortesía, mi padre inclinando la cabeza, yo besando su mano y haciendo una pequeña reverencia.

Los otros presos permanecieron en silencio, algo tensos. Algunos habían sido denunciados por sus hijos. En Bohemia, uno aprende pronto que la familia puede ser fuente de satisfacción pero también de problemas.

No hablamos mucho. Ya Orestes tiraba de la soga desde la cabecera de la fosa y escuchamos sus divertidos gritos de protesta. Parecía jubiloso ante la idea de que pudiesen descuartizarme sus muchachos.

—Estoy en el Castillo, padre.

—Bien lo veo.

—Le ayudaré a salir. Estoy al servicio del emperador. Como usted quería, ¿lo recuerda?

—Lo he olvidado.

El viejo no parecía estar de humor.

—Todos los que aquí estamos somos justos.

»Te presentaré:

»Ese del labio leporino es Bec-de-lièvre, poeta natural de Francia, acusado por el nuncio de componer en lengua romance cantos profanos, licenciosos. Cayó en desgracia a causa de una condesa malcasada.

»Este otro, el que se ríe como una hiena, es Scotto, un pobre chalán que tuvo la mala suerte de agotar sus polvos transmutadores escarlatas de camino a palacio y ser incapaz de reproducir sus experiencias ante la corte en pleno.

»Este calvo que se santigua a mi diestra es el taciturno señor Faustus, checo de pura cepa, doctor en medicina, acusado de rituales abortivos nunca probados y de magia negra. Como ves, todos hombres de bien, innovadores.

»Y el gigante a quien casi envías al otro mundo no es más que un comediante inglés llamado Marlowe, acusado de predicar extrañas teorías sobre el sueño, la vida y el amor. Su compañía al completo consiguió escapar antes de que el chambelán mayor diese la orden de prenderlos. Se fueron en barco, disfrazados de monjitas españolas. Ya se sabe, estos ingleses son todos ateos. Pero Marlowe, a causa de su corpulencia fue identificado y prendido de inmediato.»

No pude evitar reírme. Marlowe me dedicó una torpe y jocosa reverencia.

Pregunté:

—Y a usted, padre, ¿qué le ocurrió?

—El castillo es una emboscada de fieras y el emperador un unicornio herido.

# IX

ORESTES DIO VARIOS TIRONES DE LA SOGA PARA LLAMAR mi atención. Tenía la agilidad de un mono.

—Yo lo subiré. Tienes que atarlo con cuidado. ¿Podrás tú solo?

No fue necesario. Los presos me ayudaron a cargar el pobre cuerpo difunto. Un par de ganchos nos permitieron colgarlo de la cuerda.

—Se llamaba Flavius Amaranto —dijo el comediante inglés con un gesto de los manos que parecía reclamar un sombrerito—. Un pobre judío, delicado de los pulmones.

—Cogió frío —añadió el doctor con aire funesto y dicción gangosa.

—Era un buen hombre —abundó Bec-de-lièvre mientras mi padre guardaba silencio en una esquina—. Refinado.

—¿A qué dedicaba sus días? Díganme —indagó el carcelero, asomando la cabeza por la boca de luz y a pleno grito—. ¿Acaso era mago, proxeneta?

Nadie contestó y la pregunta se quedó flotando en el aire pútrido.

—Ya puede izarlo, Orestes —grité yo.

El viejo empezó a tirar de la soga con esfuerzo. Y el cuerpo se enderezó como una vaina gigantesca, agitándose en el aire, en un ademán similar al pataleo. Mi padre aprovechó el momento de agitación para acercarse a mí, olía a suciedad y a orines. Introdujo en el bolsillo de mi chaleco un granate del tamaño de un huevo. Era su amuleto preferido.

—Tú lo necesitarás más que yo, allá arriba. No te precipites, chico. Mantén los ojos muy abiertos.

Nos reunió un silencio algo triste. Nos miramos.

—Y cuando todo termine, ven a verme.

—Sí, señor.

Mientras ascendía por la soga a través del túnel perpendicular tapizado de líquenes pude ver como los cinco rostros blanquecinos se perdían en la profundidad de la fosa y me decían adiós sin necesidad de una palabra.

Tuve la extraña sensación de que todos aquellos rostros sonreían.

# Cuarta jornada

# I

SON LAS CUATRO, MARCUS MARCI TRABAJA EN SU DESPACHO con la mansa coronilla inclinada sobre el atril. Trata de concentrarse pero no lo consigue. La tarde cae sobre la universidad de Carlos, dejando tras de sí un triste perfume melancólico. Empieza a refrescar. La estufa crepita frente a la mesa.

Marci se interesa últimamente por los trabajos de Giordano Bruno. Los guarda en un doble fondo de la biblioteca junto con el extraño manuscrito de John Dee.

Lee: «El universo es infinito. El alma se une a la materia como la belleza al cuerpo».

Qué terrible. El pobre Bruno ha fenecido hace no mucho quemado por la inquisición en Campo dei Fiori, antiguo circo de Pompeyo, en la ciudad de Roma.

Los pensamientos de Marci sobrevuelan con ligereza ciertas cuestiones serias de índole burocrática y acaban demorándose caprichosamente en detalles aparentemente inocuos.

Luego se dice: ¿Cuál es el alma de las cosas? ¿De qué está hecha ese anima mundi que sobrevuela los objetos y los seres? Piensa en la luz, esa es una noción que le ha fascinado siempre, la luz, esa materia delicuescente y soberana, y *luego sus pensamientos regresan zigzagueando a posarse sobre el extraño enterrador, maese Zounek, y sobre su larga retahíla de crímenes sobrenaturales, crímenes que a él, escéptico y moderado por naturaleza, se le antojan indudablemente inverosímiles.*

*Aunque no conoció a Rodolfo, Marci ha sido médico de cabecera del emperador Fernando y después de Leopoldo. Este puesto le ha proporcionado más alegrías que inconvenientes, y es que los Habsburgo fueron y son elementos incontrolables.*

*Después Marci se dice que en estos últimos tiempos debieran preocuparle más las presiones de la Compañía de Jesús sobre el claustro de la universidad que los manuscritos, las herejías o las fábulas. ¿Quién piensa hoy en día en la inmortalidad del alma? Marci está seguro de que, estando él, Marcus Boemus, vivo, los jesuitas no conseguirán salirse con la suya.*

*Piensa en la peregrina historia de Zounek. En los anales de la universidad no figura ninguna referencia a las extrañas muertes de 1609.*

*Hoy ha estado en casa de su amigo Caramuel Lobkovitz y ha intentado sonsacarlo. Caramuel lo recibe con cierta impaciencia. Lleva unos meses inmerso en algo nuevo y complicado. Se trata de un prolijo estudio sobre el cálculo de probabilidades. Todo lo que pueda distraerlo de su empeño —la vida, el mundo— se le antoja a Caramuel molesto y enojoso.*

*—Ignoro de qué me habla, querido Marcus —gesticuló el barbudo Caramuel sacudiendo su rostro irónico—. Bien sabe que por entonces mi abuelo llevaba ya años encarcelado por el emperador, mi pobre padre se había muerto del disgusto y Eva*

*estaba demasiado ocupada suplicando por su suerte como para enterarse de cualquier otro acontecimiento.*

*Marci presintió que Caramuel Lobkovitz mentía.*

*—Dicen, y perdone que sea franco, que mi tía Eva pasó casi diez años llorando en brazos del buen Rodolfo y que llegó a ofrecerle su lecho y sus indudables encantos vanamente.*

*—Ahórreme los detalles, amigo Lobkovitz.*

*—Sea breve pero cuénteme, cuénteme qué le ha dicho ese pobre sepulturero fantasioso.*

# II

ORESTES ME CONFIÓ EL CUERPO, NO SIN CIERTO REPARO —dijo Zounek—. No le gustaba desentenderse de los cadáveres provenientes de su fosa. Era un sentimental y encontraba de mal agüero que careciesen de honores fúnebres. Y ya se sabe que en el Hradschin abundaban los interesados en descuartizar y reutilizar cuerpos muertos para menesteres de magia y brujería.

Yo le dije:

—Sólo deseo velarlo y hacer que sea sepultado entre los suyos.

Orestes sentado entre sus plantas, asentía.

—¿Eres judío tú?

En sus ojos ciegos brillaba la desconfianza y la codicia.

—No.

Orestes asintió sin creer una palabra.

Estuvimos unos instantes sentados rodeando a aquella vaina soñolienta. A lo lejos se escuchaban unos lamentos que parecían trasportados por un aire suave.

—¿Hermoso, no es cierto?

Incliné la cabeza con dolor.

—Ese viento quejumbroso proviene del foso de los Ciervos, en otoño llega adornado de hojarasca, en verano teñido de verdura. Hoy viene envuelto en gélidos carámbanos. ¿Sabes que existe en el castillo una fosa mucho más temible que la fosa dorada? Está cerca del callejón de los alquimistas y se llama *la boca del hambre.*

—He oído hablar de ella.

—Es como una botella, con una boca estrecha y una base cada vez más ancha.

—¿Por qué?

—A los presos se les da, en cuanto entran, una hogaza de pan que deben roer muy lentamente. Esa será su única comida y han de hacerla durar lo más posible. Se sientan en la primera sala enracimados y van muriendo de uno en uno. Los supervivientes tienen que hacer rodar los cuerpos muertos al segundo compartimiento, la base de la botella, donde quedan amontonados y van descomponiéndose ante los ojos de aquellos a quienes espera la misma suerte.

—Hermoso lugar.

—En el fondo no es más que una metáfora de nuestro mundo. ¿No te parece?

—Me llevo a Flavius.

—Como decía San Ignacio: Haz cómo te plazca, jovencito.

# III

L A NOCHE DE PRAGA SE ABRÍA COMO UN AGUJERO CON
mil ojos. Me embocé junto a la puerta norte, la que se
abre junto al callejón de los falsos alquimistas. Un olor
a cuerno quemado y azufre me dio en la cara.

Caramuel Lobkovitz dijo entonces:

—¿Está seguro de que esa historia es cierta?

—Eso me ha dicho.

—Perdona que lo dude.

—Yo sólo sé que hubo algunos crímenes no resueltos
aquel año. Hubo quien habló de licantropía y vampirismo.

—Y ¿cómo es posible que nada de eso se mencionase
en los libros?

—Tonterías. Amigo Caramuel, episodios como éste
eran habituales en el Castillo. Los rumores de crímenes, brujería, satanismo (falsedades orquestadas por la Iglesia y por
Mathías para inhabilitar a Rodolfo) se sucedían ante la incre-
dulidad general.

—Pero ¿qué me dice del episodio del príncipe Giulio,
amigo mío?

—Ah, esas son las partes más ambiguas de la historia.
La muerte de don Giulio fue un asunto de estado. Como

fue un asunto de estado la muerte de su malogrado tío Don Carlos.

—Dijeron que conjuraba contra su padre. Dijeron que era un depravado, que era idiota.

—Como a don Carlos, en Madrid.

# IV

MARCI SE HABÍA ENCONTRADO CON STRANSKY, EL historiador, en casa de la duquesa Berberova. Stransky lo tomó por el hombro y juntos salieron a pasear por la anochecida del palacio.

Hablaron. Stransky era un hombre vehemente.

—Me han dicho que te interesas por los sucesos de 1609.

—En efecto.

—Si quieres que te diga mi opinión, y que quede entre nosotros, yo no tengo constancia de que don Giulio muriese de muerte natural, amigo mío. Tampoco me importa. Ya se sabe, hubiese sido aún peor que el pobre heredase el trono de su padre.

Creo sin embargo que aquella muerte inauguró la decadencia de Rodolfo. Pocos lo saben pero Rodolfo idolatraba a aquel enfermo. Veía en él a un ser tocado por el dedo divino.

# V

YA ENTRADA LA NOCHE RECOGÍ EL FARDO MANIATADO de una de las cancelas traseras. Lo envolví con dos mantas y un guardia me ayudó a montarlo en una mula. Atravesamos las puertas del Castillo, bajamos con dulzura Malà Strana y atravesamos calles y callejas. Tras las ventanas iluminadas se adivinaba el calor de los hogares. En los umbrales de las casas de vecinos temblaban los farolillos de aceite. Pensé que los malos espíritus habían quizás de rondar tras de nosotros que íbamos vestidos como engendros de la noche, sin otra protección que la daga gastada y el talante insomne. Yo y mi amigo muerto.

Avanzamos y avanzamos en medio de la nieve. Yo temblaba. No quise reconocerlo ante mí mismo pero aquella silenciosa vaina, empezaba a darme miedo. La línea del horizonte se tiñó de pronto de amaranto y la ciudad empezó a desplegarse lentamente. Las calles aún crujían de nieve pero ya el perfume del deshielo comenzaba a restallar en las montañas.

Encontré la casa cerrada a cal y canto, tal y cómo la había dejado hacía un par de meses. Abrí los postigos de par en par al aire frío de la mañana de febrero. En la ventana había florecido una humilde flor azul.

Pensé que la primavera ya estaba a la vuelta de la esquina. La primavera era como una moza vocinglera y gastado-
ra, que no podía estarse quieta y ya empezaba a sembrar sus
huellas por el mundo.

# VI

DICEN DE CIERTAS MUJERES QUE PUEDEN ANONADAR EL *corazón del hombre, hay caderas anchurosas que arrastran tras de sí la voluntad de muchos justos, hay labios que dan besos negros y dientes que arrancan el corazón a dentelladas.*

*Ayer mismo estuvo de visita en la iglesia de la Santa Cruz y reveló en confesión a un sacerdote la extraña relación que lo une al manuscrito de John Dee.*

*Con los ojos cerrados Marci sigue recorriendo una y mil veces el paisaje de signos estrambóticos. Nunca se ha sentido tentado por los placeres de la carne. Lo único semejante a una amante que conoce es este libro misterioso. Lo lleva siempre consigo, desde hace años, cuidadosamente envuelto en un paño y embutido en la alforja de cuero que cruza su espalda. Por alguna extraña razón, ¿la promiscuidad, la cercanía?, este documento ha pasado a ser una parte indistinta de sí mismo.*

*Carece de ricos adornos o iluminaciones y está encuadernado de manera burda. Las páginas interiores son ilegibles, escritas en un alfabeto cifrado como muchos breviarios de alquimia. «A fin de cuentas, es muy posible que contenga material herético —piensa—. Quizás hubiese debido eliminarlo, destruirlo.»*

*Han sido tantos años de temor. Desde el momento mismo en que el breviario cayó en sus manos, Marci se ha sentido vulnerable. Un simple clérigo, un mediocre profesor sujeto a las intrigas... Respira. Pero ahora es él el rector y no debe rendirle cuentas a nadie. Un hombre importante. Piensa, para tranquilizarse, que posiblemente nadie sepa de la existencia del breviario.*

*«Tantas cosas se han perdido en los últimos cincuenta años.»*

*Abandonado entre las piltrafas del cuarto del Tesoro del Hradschin desde la abdicación del emperador, olvidado por los brujos y los astrólogos, ignorado por los vándalos suecos, por las hienas, completa y absolutamente suyo, el manuscrito es casi virgen.*

# VII

ME OVILLÉ SOBRE LA CAMA HÚMEDA Y ME QUEDÉ dormido. Dormí largas horas. Soñé que la historia del mundo estaba en mis manos y que yo no era más que la voz titubeante de un viejo en algún lugar futuro y que mi cuerpo joven ya no era más que ceniza en el lodazal del gueto.

Cuando desperté, tardé unos segundos en comprender dónde estaba. Creí que la persistencia del deseo me hacía regresar en sueños a la casa de mi padre. Me levanté. El frío de la casa deshabitada me forzó a reaccionar. La leña estaba húmeda y me llevó un tiempo encender un fuego. Después calenté agua para preparar algo de té. A través de las ventanas enrejadas entraba la luz tamizada de las callejuelas del gueto. Escuché el caminar de los chiquillos de camino a la escuela y el sonido de las campanas de Santa María y algún altercado entre dos rameras. La casa fue caldeándose como una muchacha que se sonroja lentamente.

Me lavé y troqué mis trajes palaciegos por las calzas viejas y el manto raído de mi antigua vida. El fardo aún descansaba en el vestíbulo, derribado como una columna gélida e informe. Di de comer a la mula y encendí otro fuego en la cocina.

Mientras sorbía mi vil caldo de berza, tuve la extraña sensación de que alguien me observaba.

Al fin estaba de regreso en el gueto. Con un cadáver.

# VIII

ME PARECIÓ QUE EL FARDO MANIATADO EXHALABA UN gemido suave. Visto desde donde yo estaba, sentado sobre la vieja mecedora, el cuerpo parecía una fruta. Me pareció que se agitaba imperceptiblemente sobre el suelo de tierra del rellano.

Bien es cierto que un alma piadosa hubiese acudido en socorro del aparecido, pero compréndame, señor rector, yo no era más que un mozo cobarde.

Sin osar siquiera acercarme al cuerpo, me puse las botas y acudí a buscar a mi vecino, el señor Schmek, un judío que regentaba una cerrajería donde nadie vio nunca entrar a algún cliente y que tenía una hija pelirroja y bizca que corría siempre tras los muchachos.

El viejo Schmek me acompañó arrastrando los pies, protegido con un amuleto poderoso. La casa estaba abierta de par en par y aquel fardo informe había desaparecido. Supongo que Schmek pensaría que el hijo del malhadado Zounek regresaba loco de la maraña de espíritus que era el Palacio.

Aquella noche volví a acostarme en mi catre de niño. Pensaba: «Quizás todo esto no sea más que un sueño, he de dormirme».

Pero al día siguiente me despertó la vaina tocando con su mano tumefacta mi rostro helado.

# IX

LO PRIMERO QUE PENSÉ FUE. «QUIZÁS SEA MI PADRE, quizás por no sé qué artimañas alquímicas haya conseguido escapar.» Pero enseguida comprendí que aquel que empezaba a desnudarse ante mis ojos tenía que ser una criatura golémica o un fantasma.

Era alto, con una gran cabeza y ojos saltones: el cuello de nuez prominente, los hombros estrechos, la figura inverosímil. Si su pierna derecha parecía muy frágil, la izquierda no era más que un muñón recogido con un pedazo de estameña. Sus brazos en cambio eran robustos y largos: como de simio.

Yo continuaba sentado en mi rincón temblando mientras el muerto oficiaba su extraña danza. Tomé un atizador entre mis manos. Estaba ya dispuesto a defenderme cuando aquel cuerpo tumefacto se volvió hacia mí y me consagró una mirada profunda, femenina.

—Soy Edward Kelley. Estoy vivo.

Kelley buscó sin encontrarlo un ademán reverencioso que dotase de dignidad a su persona.

# X

EDWARD KELLEY SEGUÍA SIENDO UN ESPERPENTO SIN orejas. Me miró sin subterfugios. Se rió y me dijo:
—¿Y tú eres aquel que juró que liberaría a Bohemia de su tirano? Tú, que te dejas acariciar por las manos de Rodolfo, que le ríes las gracias, que lo consuelas cuando todo en torno a él se desmorona.

Exhaló una carcajada. Mi rostro debió de ser la pintura explícita de mi desconcierto, porque el desorejado Kelley cambió de tema, rascándose el largo cabello despeinado.

—No me mires de esa forma. No soy un espectro, sólo un hombre justo que espera la hora de su venganza.

Me explicó, con palabras ceremoniosas, secas, atildadas, que aquella su muerte atroz de la que se habló tanto no había sido más que una estratagema orquestada por el mismo para burlar a las autoridades y escapar.

Hubiese podido escapar entonces —dijo—, reunirse con los suyos en algún pueblo de los Cárpatos y comenzar allí una nueva vida. Pero, cuando un hombre ha sufrido mucho, siempre prefiere quedarse en el lugar de su dolor.

Kelley eligió, pues, rondar los calabozos y los pasillos del Hradschin durante años mientras su mujer enloquecía fuera, arruinada, creyéndose viuda. Se había convertido así en uno de los genios protectores de la fosa dorada y del ala norte.

—Si de verdad eres Edward Kelley, ¿qué te ha traído hasta mí? ¿Qué buscas?

Tardó en contestarme. Luego dijo:

—Yo tengo el manuscrito de John Dee.

# XI

—LO QUE ME CUENTA NO SON MÁS QUE DELIRIOS —repuso Stransky—. Edward Kelley murió en 1595. Yo mismo visité su tumba hace unos años. Yace en terreno no consagrado, a las afueras de Králové, bajo una lápida gris sin epitafio, donde sólo figura su nombre de truhán.

»Lo flanquean en su último viaje un viejo chamarilero y una bruja de Bratislava que se creía la reencarnación de la reina Libusa.

»Me asombra usted con su credulidad, Marci. Y es que todo el mundo sabe que Kelley murió al caer por segunda vez de los torreones del Hradschin. Casi me daría por considerarlo un episodio disparatado, cómico. ¡Pero no está bien mofarse de las extravagancias de la muerte!

»Ya sabe, dicen que fue su propia esposa quien le administró veneno con intención de aliviar sus padecimientos últimos. La pobre falleció poco después, indigente, deshonrada, del disgusto de no poder alimentar a sus cinco hijos. Todos conocemos la historia.

»Un hombre como usted no debiera prestar atención a fantasmagorías y rumores.

»Sí, entiendo, Marci, que lleva un par de años exte-
nuantes, entiendo que Praga tiembla de imprecisión como
una llama, que quedan pocas firmezas hoy en día, pero,
amigo, ésa no es excusa para dejarse vencer por el absurdo.

»Recuerde que es usted rector de la universidad de
Carlos.

# XII

A LGUNOS CANTOS POPULARES DE BOHEMIA DICEN QUE EL Golem regresó. Que, embriagado por la nostalgia del aire de Praga, volvió a la vida. Que se dedica a campar por los sótanos, por las bodegas, que habita los lugares mal iluminados, los lupanares. Dicen que el Golem sigue en Praga. Que las ráfagas de viento negro, los hedores de azufre que invaden Malà Strana por las noches son suspiros de su boca pútrida. Es por eso que los comerciantes pragueses, los vecinos de la ciudad vieja, encienden todavía velas en los quicios de las puertas. Saben que Jossile Golem teme el fuego.

# XIII

*Z*OUNEK JURÓ Y PERJURÓ QUE SE TRATABA DE *EDWARD Kelley. No de un espectro. Que en 1609 Edward Kelley todavía estaba vivo.*

—Hágame caso, señoría. ¿Qué gano yo con mentirle?

*Y es verdad que, en 1609, varios campesinos de Tabor y de Písek dijeron haberlo visto atravesando los bosques, evitando los caminos vecinales. Iba sobre una pequeña mula, como una figura navideña, acompañado por un paje adolescente.*

*«Quizás se denunciasen los hechos pero, teniendo en cuenta las circunstancias del país, es posible que las autoridades hicieran caso omiso», pensó Marci.*

—Se extendió el rumor de que el Golem había vuelto —insistió Zounek—. Pero yo sé que se trataba de Kelley. Llevaba el pelo largo para ocultar su falta de orejas. La barba le crecía de forma irregular como a un tiñoso. Imagino que, por entonces, ya era muy viejo. Dijeron que caminaba con dificultad, y en efecto, aún recuerdo su estampa desgarbada, herida por la luz del horizonte. Parecía un muñeco roto, un fingimiento.

# XIV

—EDWARD KELLEY ¿QUÉ QUIERES DE MÍ? —LE pregunté. Sus ojos se movían extraviados en medio de las cuencas negras.

Desempolvé del ropero de mi padre un paletó de piel algo raído y lo ayudé a lavarse. Le di de comer. Kelley engulló las berzas con delectación y después me tomó las manos y empezó a besármelas. Hablaba con un acento extraño pero yo pensé: «Cuando socorras a aquel que pasa hambre y frío, recuerda que a mí socorres.»

Entendí que tenía prisa. Me dijo que debíamos salir del burgo lo antes posible, que corríamos peligro. Yo lo creí. Se santiguaba con las dos manos. Su cabeza parecía sacudida por los tics. Traté de despojarlo de una escarcela cuadrangular que llevaba cruzada sobre el pecho, pero el pobre esperpento se aferraba a ella como un condenado a muerte retiene los últimos minutos de la última noche.

Me dijo que lo siguiese y lo seguí. No pretenda conocer las razones. Ni siquiera tuvo que amenazarme con las descarnadas manos asesinas. Montamos en la mula y emprendimos el viaje rumbo a Gratz.

Y después ya no hubo posibilidad de retroceder. Supe por unos peregrinos que iban de camino a Brno que la guardia del emperador estaba registrando las ventas, que peinaba las calzadas, que interrumpía los caminos vecinales y clausuraba los mercados. Que yo era para todos el asesino del Hradschin. Ya no me quedaba más que huir.

—Un patriota, seguramente —dijo un buhonero transilvano.

—Un amante despechado, si quieren saber mi opinión —corrigió una campesina.

—Un criminal —resumió un desertor con la quijada rota.

Todos tenían razón —pensé—, yo era un asesino aunque no hubiese derramado la sangre de ninguno. Había irrumpido en el Hradschin lleno de deseos de muerte. Y de todos es sabido que, para nosotros los moravos, el crimen ya es crimen cuando el pensamiento lo acaricia.

Hicimos noche junto a Beroun. Recuerdo haber prendido un difícil fuego mientras los lobos aullaban en torno a nuestro improvisado campamento. Hacía frío. Kelley y yo dormimos junto a las brasas. Yo rezaba.

Al alba del segundo día nos cruzamos con un fraile mendicante. Se golpeaba la espalda con un rebenque predicando el arrepentimiento de los pecados. Llevaba ensangrentados los pies desnudos. Tras él, una muchedumbre de campesinos portaba cruces de madera y relicarios.

—El fin está cerca —gritó el fraile—. Convertíos. La peste negra asola Europa. Moriremos devorados por viscosidades brunas y nuestra sangre será como brea hervida y maloliente.

Los dejamos pasar, escondidos tras un árbol. Y cuando el gentío se hubo disuelto en la distancia, retomamos nuestro viaje.

Yo me sentía exhausto: no acababa de comprender por qué remota artimaña del destino me dirigía yo, en compañía de un espectro, rumbo a una aldea con nombre de manzana. Como por ensalmo, me hallaba convertido en un fuera de la ley, en un «perseguido por causa de justicia».

Repetí un par de veces aquel apelativo bíblico, buscando dignificar mi situación. «Bienaventurado aquel que sufre persecución por causa de justicia», dije con una voz apenas audible deseando conjurar a los malos espíritus. Pero el recuerdo del Sermón de la Montaña me consoló muy poco.

Kelley me dijo entonces (yo trataba de rehuir la cercanía de su aliento):

—Señor, os agradezco la confianza que me prestáis. Apenas me conocéis. Y con los tiempos que corren…

— Ahórrese los cumplidos: no soy más que un criado. Un criado hijo de criados.

Guardó silencio mientras una sonrisa revoloteaba sobre su boca femenina.

—Pero, ¿acaso no sabéis —respondió y aquella vez fue la primera que vi brillar sus ojos azules como pedazos de carbunclo— que Dios revela a los humildes aquello que ha ocultado a los sabios y poderosos?

Asentí.

# XV

DURANTE AQUEL VIAJE OSCURO, POR AQUEL TÚNEL oscuro que era Bohemia en aquel año, tuvimos varios encuentros de índole funesta.

Ambos llevábamos nuestras espaldas cargadas de negrura. Hablábamos poco. Comíamos apenas. Al tercer día nos cruzamos con una caravana de cómicos polacos que llevaban un oso amaestrado medio cojo. Al décimo día, a las afueras de Budejovice, frente a nosotros, una pareja de perros salvajes devoró a una paloma. Dos semanas después, cerca del burgo de Cesky Krumlov descubrimos el cadáver de una joven colgado de un sauce muy hermoso.

Recuerdo que la muerta tenía las manos intactas, (el resto del cuerpo estaba destrozado por los cuervos), unas rosadas uñas de doncella y que de su cuello colgaba un bezoar de gran tamaño.

Kelley descabalgó, y, mientras yo vomitaba en una esquina, no pudo resistir la tentación de examinar su dentadura, para, al encontrarla en buen estado, sacar de su bolsillo un alicate pequeño y arrancar con él, de uno en uno, todos sus molares.

Los guardó en una bolsita de terciopelo rojo y luego en aquel gran rebenque del que no se separaba. Proseguimos el camino.

Y así, tras muchos días interminables y muchas noches oscuras, llenas de padecimientos y presagios, llegamos a Gratz.

# XVI

GRATZ ES UNA CIUDADELA CIRCULAR SOBRE UNA COLINA. ¿Quién no conoce esa canción que dice *Sobre la colina de Gratz luce una manzana que es la luna...?*

Gratz es nombre de pájaro. Allí reside, desde la muerte del mago con la nariz de oro, Johannes Kepler, acompañado de su esposa enferma. Los físicos han anunciado que madame Kepler morirá este año y tanto Kepler como ella ya han acatado la certitud del desenlace. No se rebelan. Son alemanes y creen en Dios.

Ella piensa: «Cuando yo ya no esté, Johannes tendrá más tiempo para trabajar. Quizás sea mejor así».

Él piensa: «Diez años son como diez meses y un día no es más que diez segundos, nada dura más que un instante en la contabilidad del universo».

Tienen dos niños muy pequeños que lloran a menudo. Son frágiles como su madre, de pulmones delicados. Parecen polluelos abrigados por el pecho de su matrona gruesa.

Kepler escruta todos los días el firmamento. Teme encontrar una estrella nueva que anuncie más desgracias. Este año ha predicho, mediante un horóscopo, el nacimiento de un niño abisinio con dos cabezas.

Ambos son muy creyentes. Kepler sueña con esferas, círculos y melodías, se dice: «Hay una ley física divina, sólo debo de rezar para encontrarla».

Pero, además, y esto es menos común, Kepler es copernicano, «no puedo sino serlo —se dice—. El único insulto a la divinidad es la mentira».

En el palacio de Gratz que se llama Venusberg vive también don Giulio, el desgraciado primogénito de Rodolfo. Don Giulio nunca se deja ver en la corte, por expreso deseo de su padre.

En un principio Rodolfo quiso que Kepler se ocupase de educarlo. Pero de un tiempo a esta parte circulan sobre él extraños rumores.

—Monstruo, engendro, criminal —exclaman los villanos, escondiendo a su paso a las doncellas.

# XVII

AQUEL DÍA, ¿FUE UN MARTES?, NOS ESPERABAN SOLOS en medio de los campos nevados.

Pensé que el príncipe Giulio era corpulento pero que su rostro parecía sobremanera inteligente. Iba vestido como un campesino. Con la cabeza cubierta por un gorro de gruesa lana. Sus labios estaban apenas cubiertos por un fino bozo, delicado.

Junto a él, su hermana Margherita se arrebujaba dentro de una manta de piel de oso. Recuerdo que los pies descalzos de la hija bastarda del rey jugueteaban sobre la nieve impoluta.

Pensé: «¿Es posible que éstos sean los herederos del Sacro Imperio Romano Germánico?».

Alguien había anunciado nuestra llegada. Pero la identidad de ese alguien quedó flotando en el aire como un jirón de niebla.

«Oh, destino de Don Giulio», me dije yo.

Recuerdo que, al verlo a lo lejos, sentí aprehensión. Había oído hablar de Giulio de manera superlativa y exaltada. Circulaban rumores crueles de enfermedad y de locura.

De cerca, sin embargo, me pareció que no era más que un niño con cuerpo de hombre. Había una extraña pureza en su rostro blando.

Enseguida, Giulio soltó la mano de Margherita y corrió hacia nosotros. Los brazos caían en torno a su figura como sin vida.

# XVIII

KEPLER CONTEMPLABA UNA Y OTRA VEZ LAS FASES DE Venus. Se decía: «Es curioso que el de Padua prefiera refrendar esa estúpida idea del maestro Brahe, que Dios lo perdone, de que la tierra gira en torno al sol pero que todo el resto de los planetas lo hacen en torno a él».

Se decía: «No hay mejor manera de alabar al Altísimo que decir la verdad».

Bien es cierto que la ejecución de Giordano Bruno está reciente pero eso a Kepler no le preocupa. A veces imagina el crepitar de fuego y piensa en cómo ha de ser el olor de la carne chamuscada. Y sin embargo Kepler no tiene miedo de la muerte.

Para él vivir es poder pensar y eso es bello, pero también consiste en pasar privaciones, dolor, frío. Kepler desprecia la vida del cuerpo, tan ingrata, pasajera. Por su educación, él ha vivido siempre en perfecta promiscuidad con la muerte. Sobre su escritorio, un cráneo de perro y una ampolleta se codean.

«Y sin embargo, dudo que la mentira agrade al Gran Geómetra», piensa.

Manzoni, que es gran amigo del astrólogo, le ha confirmado por carta lo que ya imaginaba: Galileo no es tonto sino perfectamente consciente de que la tierra no es el centro del universo. Galileo está completa y absolutamente convencido de este hecho. Pero, por ahora, no hablará. No hablará hasta que las circunstancias políticas cambien.

«Las fases de Venus —piensa Kepler—, ¿y las fases de Venus?»

Kepler está sentado en la terraza del observatorio con un sextante entre las manos. Sobre él la noche oscura cuajada de diamantes. Kepler se dice que las matemáticas son el Anima Mundi. Piensa que el alma del mundo son las armonías y que las armonías no son otra cosa que proporciones pitagóricas.

Se levanta y escribe, inclinado sobre su atril de pino blanco:

*La geometría es una y eterna, resplandece en la mente divina, siendo la participación de ella concedida a los hombres una de las causas de que ésta sea imagen de Dios. Ahora bien, en Geometría, aparte de la esfera, el tipo más perfecto de figuras es el formado por los cinco cuerpos euclídeos pues este nuestro mundo planetario ha sido ordenado tomándolo como norma y arquetipo.*

# XIX

CADA VEZ QUE RECUERDO AQUEL DÍA, ME VEO CAMINANDO por Venusberg y tiemblo.

El pabellón de caza está forrado de pieles mal curtidas de animales. Huele a sepulcro.

Kelley cojea tras de mí, me agarra con su mano huesuda, hace que eleve la mirada. En el techo, esqueletos de pequeñas alimañas forman impresionantes lámparas. Nos instalan en unos aposentos muy lujosos.

Los servidores de Venusberg van vestidos con libreas de terciopelo verde y se inclinan al pasar. Ninguno habla. Tardo tiempo en descubrir que son todos mudos. Kelley me cuenta que han sido reclutados entre los jóvenes más bellos de la comarca para servir al príncipe don Giulio de por vida.

Pienso que es extraño que nazcan tantos niños sordos en la zona. Quizás se deba a alguna particularidad del agua o de los vientos.

# XX

MARGHERITA BORDABA EN UN SALÓN DEL ALA NORTE un tapiz con astros y con flores.

Sin mirarme, me invitó a que me sentase junto a ella.

Me dijo:

—Cuénteme, haga el favor, noticias de la Corte.

Yo traté de buscar alguna fórmula poco comprometida evitando los detalles de mal augurio, cosa que no fue del todo fácil.

—Hay un nuevo monje, primo de Lutero.

Pareció poco impresionada. Se rió, incluso.

—¿Sabe? Mi padre siempre ha sido así, algo fantasioso, *féru* de la religión y de la magia. Le encanta la heterodoxia, los problemas —sonreía. Siguió trabajando unos segundos en una rosa roja. Unos minutos después volvió a alzar la cabeza. Noté que tenía los ojos de diferente color. Uno era marrón y el otro verde.

—¿Y mi madre? ¿Qué sabe de la *signora* Catalina? Hace unos días que no tengo noticias de Su Gracia.

Dejó la labor y me miró muy soñadora. Sus manos me recordaron las manos de la ahorcada de Cesky Krumlov.

—Es tan especial y tan hermosa.

Comprendí que nadie había traído a Gratz la noticia de su muerte.

—La señora Catalina sigue bien. Que Dios la guarde —contesté.

# XXI

EMPEZÓ ENTONCES UN LARGO CUENTA ATRÁS IMPREDECIBLE.
—¿A qué estamos esperando? —le pregunté a Kelley,
al día siguiente de nuestra llegada.

—Quizás nos quedemos en Gratz para siempre.

—Pero ¿por qué? —tercié, impacientándome—. Usted
me había dicho que planeaba cruzar la frontera de Polonia
y dejar el país lo antes posible.

Kelley se rascó la larga cabellera repeinada, descu-
briendo dos hendiduras en el lugar donde habían estado sus
orejas. Se parecían a las ergástulas de las prisiones rodolfinas.

Kelley se sonrió cuando me dijo:

—Mira. Tengo asuntos que tratar con Don Giulio. Y no
me reuniré con él hasta la próxima luna por respetar las predicciones del horóscopo. Estoy siendo razonable ¿O acaso
pretendes que me precipite para darte gusto? Después par-
tiremos. No desesperes.

—Y yo ¿qué hago mientras tanto?

—Pues, no sé, ocúpate en lo que se te antoje.

Asentí. Y, desde entonces, me dio por pensar que figu-
raba en un cuento escrito para otros a causa de una jugarreta del destino. Aquella aventura no me estaba destina-

da... Yo no era más que un espectador en la ciudadela de Gratz.

Y, por ello, para matar el tiempo, mientras Kelley se ocupaba de sus ímprobos asuntos, empecé a cortejar a Margherita. ¿Qué otra cosa podía hacer? En verdad, Margherita no era tan bella como su madre pero contaba con un atractivo poderoso: su inocencia garrafal que podía a veces confundirse con simpleza. Y ya saben cómo la inocencia femenina inflama los corazones de los hombres. Además ¿qué podía yo exigir?

De todos es sabido que un condenado a muerte pone nombre a sus dolores, viste las palabras del carcelero como si fueran figuritas de cera y hasta encuentra melodiosos los crujidos de los escalones del patíbulo.

Nos sentábamos largas tardes junto al hogar o paseábamos a través de los sembrados. Yo la cogía del brazo, separaba las zarzas a su paso, le advertía de los charcos o de los suelos pedregosos.

Y empecé a desear un imposible: que no avanzase el ciclo de la luna.

# QUINTA JORNADA

Aquella tarde, Borges y yo nos habíamos sentado frente al río. Empezaba a refrescar pero el anciano profesor iba muy abrigado con un abrigo de piel de camello y una bufanda de inglesa.

Yo le dije:

—Señor, acaso dé igual. Marci y Zounek se pierden en el laberinto de su memoria y de la mía. Apenas saben lo que dicen.

Borges asintió.

—En este mismo lugar, hace diez años, hablé con un joven que paseaba en 1920 junto al lago de Ginebra. Se parecía a ti. Quiero decir, era tan solemne como tú.

El viento rizó la superficie del agua frente a nosotros.

—Yo no soy solemne.

—El también estuvo a punto de abofetearme cuando puse en duda la valía de Dostoievski. «Qué estás leyendo en este momento?», le pregunté. Y él me contestó: *El idiota*. «¿Y te gusta?», le pregunté, azorado por su inocencia displicente. Y él me contestó —y un punto de indignación se adivinaba en el temblor de sus labios—: «El gran maestro conoce a la perfección el Alma humana».

—Yo nunca he hablado con usted de Dostoievski.

Borges suspiró:

—Tú también das una importancia excesiva a los libros.

Suspiré. A veces me indignaba su manera de construir ciudades y abatirlas de un plumazo, como naipes.

—Y los libros no importan. Si desparecieran todas las grandes obras de la humanidad daría igual, pues todos somos el mismo hombre, y todos somos capaces de reescribir de la nada cualquier libro.

—Sí, ya conozco la canción. «Que finalmente no son más que el mismo libro».

# I

ARCI HABÍA CONOCIDO A KIRCHER EN 1639, CON MOTIVO
de una excursión diplomática a Roma. *En aquel viaje
Marci casi había muerto a causa de unas fiebres atra-
padas en el Tíber. Un amigo suyo, Bohuslav Balbín, lo había
salvado in extremis como quien pesca un pez escurridizo.*

*En sus recuerdos, Atanasius Kircher seguía siendo un
tipo memorable, excéntrico y arrebatado, un jesuita extraño.
Decían que había diseñado una linterna mágica donde las imágenes se sucedían como en la vida y que tuvo la extraña ocu-
rrencia de penetrar en el Vesubio, colgado de una cuerda gigante sostenida por un hombre vigoroso. Y es que, entre otras
cosas, Kircher estaba convencido de que la tierra era hueca y
llena de laberínticos caminos y ciudades subterráneas donde
habitaban gigantes, dragones y animales legendarios. Creía
que los mares y los lagos se comunican entre ellos por sus simas
más profundas.*

*También había tratado de probar la existencia de la palin-
genesis y lo había conseguido parcialmente: se decía que había
conseguido resucitar una planta de sus cenizas. Kircher jugaba
con los espejos cóncavos, había inventado el pantómetro y
hecho nacer un basilisco de una cáscara de gallo viejo. Estu-*

diaba la lengua copta y había escrito una hermosa historia de
la Iglesia de San Eustaquio en Roma.

Pero, eso no era todo. También había deseado fabricar
una estatua parlante para la reina Cristina de Suecia, la misma
que había abdicado de su trono para irse a vivir con un obispo, aquella que afirmaba: «si tuviese que escoger, preferiría
vivir en Roma, incluso con una sola doncella, que en cualquier
otro lugar del mundo». (Se dijo que Cristina había matado de
frío al pobre Kant. Lo hacía cruzar los largos pasillos helados
en su palacio de Estocolmo para darle clases de lógica al amanecer. Otra excéntrica).

Por todo ello, y porque no se lo ocurría otra solución,
Marci había pensado en recurrir a Kircher, en apelar a sus cono-
cimientos de lengua adánica. Kircher era lo suficientemente
loco como para interesarse por el manuscrito y lo suficientemente audaz como para conseguir descifrarlo.

## II

*E*L RECTOR ESTIRÓ LAS PIERNAS ENTUMECIDAS JUNTO AL *fuego. Se mesó los escasos cabellos. Frente a él un grabado rezaba:*

*«El hombre y la mujer que tienen un lunar en la parte derecha de la frente, bajo la línea de Saturno, pero sin tocarla, tienen una réplica de la misma en la parte derecha del pecho. Esas personas pueden esperar la dicha trabajando la tierra, con las simientes y las plantaciones y el arado. Y si ese lunar es de color miel o rubí, serán felices en su vida; si es negro, su suerte será incierta. Ese lunar tiene la esencia de Venus, de Mercurio y de Marte y recibe el nombre de Vega, estrella de la constelación Lira, la más brillante que hay».*

*Separó los ojos de aquel mapa fisionómico y reflexionó. La carta había llegado de mañana. Su sirviente personal la había dejado en una bandeja de plata sobre la mesa de su estudio.*

*Se tomó su tiempo. Desayunó y, luego, tras recurarse los dientes, desgarró el sobre con voluptuosidad, escuchando su gemido secreto. El sobre era grande y estaba confeccionado con un papel italiano grueso y amarillo.*

*Leyó:*

*«Estimado profesor Marci,*

*»He recibido sus noticias con alegría. Me alegró saber que se encuentra recuperado y bien de salud. Praga ha de estar hermosa con el deshielo.*

*»En cuanto a las obras del abate Bacon, déjeme decirle que tengo en mi biblioteca varios tratados de física celeste —escritos estos en latín— que se asemejan bastante al que usted me describe. Es posible, casi seguro, que existan muchos más porque Bacon era muy prolífico. Northcumberland se jactaba de poseer más de quinientos de estas características.*

*»En cuanto al código puedo afirmar que para mí no suelen representar un gran obstáculo. Los códigos no suelen resistirse a un desmenuzamiento matemático. La cuestión es encontrar la frecuencia de repetición de los signos y cotejarlos con los alfabetos existentes.*

*»He descifrado ya no menos de cinco libros secretos, manuales alquímicos en su mayoría, y me encantaría descifrar este del que me habla con tanto interés.*

*»En cuanto a la posibilidad de que se trate de un fingimiento, hasta que lo tenga entre mis manos no puedo darle una opinión fundada.*

*»Se despide afectuosamente su amigo,*

*»Kircher C.J.»*

# III

ESCÚCHEME, AMIGO. YO NO ERA DE PIEDRA Y TEMÍA POR mi vida. No es por eso de extrañar que los días se me hiciesen largos y premiosos como el hambre. A veces, cansado de vagar por los jardines llenos de alimañas, buscaba la compañía del astrólogo que vivía en lo alto de la torre de Venusberg, ajeno a los trajines de los otros. Supe después que sólo descendía para comer con el servicio.

Andrajoso, con las manos atormentadas por el frío, Kepler no pareció disgustado de verme.

—¿Le interesan las estrellas? —indagó a bocajarro, sin entretenerse con cortesías.

Yo que no estaba muy contento, me encogí de hombros:

—¿Y la luna?

Subimos trabajosamente hasta el observatorio. Allí me dijo:

—Acerque su ojo derecho a esta lente.

Y me mostró un anteojo gigantesco aparejado con cuerdas.

—No así, no. Cierre el otro.

Tardé un tiempo en aquilatar mis sensaciones. Y de pronto la vi. Ahí estaba como lo veo a usted: la estrella de la noche, teñida de un blanco torrencial y níveo.

—Oh —exclamé.

Kepler se sentó a mi lado y repeinó sus sucios cabellos con sus manos enmitonadas y deshechas. Parecía ilusionado como un niño. Su rostro hubiera podido ser bello pero la pobreza que todo lo mancilla lo había convertido en ratonil.

—¿No es espléndido? ¡Quién sabe si dentro de poco no podremos viajar hasta la Casta Diva, una vez que se establezca un sistema para volar!

—¿Cómo? —pregunté yo, estupefacto.

—Muy fácil. Suponga que haya naves y velas adecuadas a los vientos celestes. Yo no temería ni siquiera a esa inmensidad. ¿Quién hubiese creído antaño que un día la navegación por el inmenso océano sería más tranquila y segura que por el golfo del Adriático, por el mar Báltico o por el estrecho inglés?

—¿Cree que viajaremos en velero hasta la luna?

—Para eso estoy fundando la astronomía lunar. Para que podamos emprender este viaje.

# IV

ESPUÉS SUPE QUE KELLEY HABÍA ACUDIDO A LA primera noche de audiencia con el príncipe, cargado con su alforja misteriosa. Conversaron solos durante una hora encerrados a cal y canto. Cuando me mandaron llamar, yo estaba en cuclillas, junto a la cama, dando brillo a mis zapatos.

En la estancia mal iluminada, Giulio, junto al fuego, bebía de un vaso un licor. El príncipe estaba pálido como un muerto pero en sus mejillas se dibujaban dos rosetas.

Incliné la cabeza en ademán de pleitesía. Kelley me invitó a que me sentase junto a ambos y me dijo:

—Abre bien tus ojos, zapatero.

Kelley estaba vestido espléndidamente. En su mano relucía un sello de color ocre. Se había perfumado como una puta. Su frente parecía perlada por gotas microscópicas de sudor. Hablaba y las palabras, como de argamasa, se demoraban antes de salir de su garganta.

Abrió la bolsa y extrajo el haz de pergaminos.

—Frente a ti, príncipe, está aquello de lo que Cicerón afirmó: «Existe un libro bajo una montaña donde se ha puesto por escrito la fórmula mayor de la creación del hombre.

Sus elementos, las reacciones químicas que desencadenan sus humores, la esencia misma de su alma».

»Yo digo más, señor: en este libro se recoge la historia de la humanidad entera, con sus solemnidades y sus traiciones, cada una de las cuchilladas de cada una de las olvidadas guerras púnicas, el olor de los templarios y sus vilezas y cada duda de cada pontífice, los amores de los reyes moros y sus fragilidades y sus desalientos, las sagas escandinavas, los arpegios de los cantares olvidados y la sabiduría de los evangelios apócrifos. Pero no sólo eso sin que en él se recoge cada uno de los momentos por venir, cada una de las tierras que se descubrirán con el correr de los siglos, cada uno de los viajes destinados dentro y fuera del cuerpo y de la mente, las plantas nunca vistas y las mujeres todas de vulvas delicadas…»

El príncipe Giulio escuchaba recostado. Se hurgaba los dientes, indolentemente, con un alfiler de tocador.

—Mil ducados es un precio muy oneroso, incluso para mí.

—El que posea este libro se convertirá en Señor del Mundo.

# V

COSAS EXTRAÑAS OCURRÍAN EN VENUSBERG.
Kelley había enseñado sus cartas y ahora esperaba una respuesta. Pasaron varios días de silencio. Yo me impacientaba en los jardines, cansado de jugar con Margherita al ajedrez o a las damas; Kelley dormitaba en su catre, seguro de que concluiría, favorablemente, su negocio.

Y en efecto, enseguida se supo que el príncipe no había renunciado a reunir los mil ducados. Por lo pronto nos prohibió que dejásemos Gratz bajo ningún concepto.

—Les tengo preparada una sorpresa —dijo una tarde.

Y entonces, Kelley empezó a no conciliar el sueño por las noches. Después terminó confesándome que temía que su tesoro nos costase la vida. Supongo que por una suerte de efecto especular, yo también empecé a sentirme inquieto. Recelaba que el bastardo real fuese a denunciarnos.

Traté de convencer a Kelley:

—Tenemos que irnos. Tu negocio se ha frustrado. Vayámonos mañana mismo, aún estamos a tiempo.

Me imaginaba en la fosa de los líquenes, encerrado de por vida, con los ojos corroídos por el ácido.

# VI

OCURRÍAN COSAS ESPELUZNANTES, INDECIBLES.
Por ejemplo. Una paloma con las alas quebradas agonizó durante horas frente a la ventana de mi cuarto.
Por ejemplo. Una tarde, tras una puerta, descubrí a Giulio montando a una de las criadas más jóvenes. Le tapaba la muda boca con un guante de cetrería. Los ojos de la niña me parecieron descomunales, como los ojos de una cierva devorada. El príncipe, en vez de sobresaltarse, sonrió. Parecía divertido. Me conminó con voz entrecortada a que me uniese a sus juegos.

Yo decliné todo lo gentilmente que pude la invitación. Me escabullí.

Otra vez lo encontré llorando sobre la nieve del jardín. Alzó el rostro y me dijo con una voz sacudida por la angustia:

—Sálvame. Llevo una bestia aquí dentro que me carcome.

No supe qué contestar. Yo también tenía miedo.

# VII

Y ASÍ, CON PASO IMPERCEPTIBLE, PASARON DOS SEMANAS. Prácticamente ya habíamos desesperado. Y a la sazón, don Giulio, haciendo honor a su sobrenombre de Calígula, decidió llevar a la práctica un original plan que le permitiría, sin lugar a dudas, hacerse con el dinero que faltaba.

Dio las órdenes pertinentes. Empezó por empeñar, sin piedad, sin concesiones, todas las joyas, los muebles, todas las obras de arte de palacio.

—Son mías. Hago con ellas lo que me place y nadie tiene nada que decir al respecto.

Todos, en Gratz, asintieron.

Y, de improviso, los usureros de la zona empezaron a revolotear como buitres en torno a Venusberg. Y así el palacete se fue convirtiendo, poco a poco, en un galpón fantasmal y desnudo, en el escenario de una danza imaginaria.

Cuando ya no quedaron cosas de valor, Giulio se encerró, por espacio de una tarde, en la biblioteca con suelo de ajedrez. Reflexionaba.

—¿Qué más queda?

Le llevó tiempo. En algún lugar remoto de su cabeza se embozaban reticencias oscuras: preceptos, leyes, obviedades, circos. Tuvo que combatirlas. Era joven y bastardo y regresó a la vida con un dictamen terrible. Aquella decisión última marcó su suerte.

# VIII

¿CÓMO PODRÍA EXPLICÁRSELO, SEÑOR MARCI? DIGAMOS que se organizó en Venusberg una velada. La idea, desde luego, no carecía de cierta chufla y, cuando trascendió, en días sucesivos, se supo que había encontrado gran conformidad entre los villanos.

Y ocurrió. Kelley y yo contemplábamos sin dar crédito cómo tomaba forma la debacle de aquel loco. Kelley, contento. A Kelley le gustaba todo lo que tiene que ver con la penumbra. Era una criatura del subsuelo, como las babosas, los reptiles, las cucarachas, los topos…Yo, en cambio, escandalizado.

Fue un viernes.

No sé por qué pero pensé que se detendrían. Que en el último momento todo quedaría en una broma.

Giulio había pasado toda la tarde travistiéndose. Se maquilló trabajosamente, como una meretriz, untó sus miembros con aceites, se puso una peluca larga y rizada. Yo sentado sobre mi catre, frente al abismo, trataba de ordenar mis ideas, creó que recé incluso. Tenía la impresión de que un engendro de alas negras aleteaba sobre Gratz.

Los criados, entre risas, habían adornado las estancias de palacio con velones y cojines. Instalaron una garita en la puerta. Parecían risueños y amedrentados, como los sirvientes que lavan, en los velatorios, los cuerpos inanes de los muertos.

Los óbolos debían introducirse en una caja de marfil tallado en forma de elefante. En la garita brillaba un farolillo rojo. A través de las puertas de palacio se escapaba el sonido de los violines y el olor turbio de las velas.

Y ocurrió. La broma oscura no se detuvo en el quicio de la puerta. Margherita, la hermana bastarda de Don Giulio, fue la protagonista indiscutible de la noche. Recostada en un sillón salvado de la usura, ofrecía sus favores previo pago.

—¿Cómo puede ser? —le dije yo sin poder nombrar mi horror, por miedo a parecer morigerado o tonto.

Margherita, la dulce, me miraba sin entender. Sus ojos pestañeaban tornadizos. Comprendí entonces que aquello que, en un primer momento, me había parecido inocencia no era más que una sutil forma de depravación y desamparo.

—¿Señora, va a permitirlo? —pregunté, vago y tembloroso.

Margherita no pareció asustada ni ofendida. Me sonrió y en sus ojos leí algo fugitivo y mudable como el agua.

# IX

¿QUÉ DECIR? LO SAGRADO Y LO INFAME SE PARECEN. Y aquella noche hubo largas colas en los alrededores de Venusberg.

Nosotros, Kelley y yo, pintarrajeados como monas, recibíamos a los clientes con bandejas de dulces. Kelley se me antojó secretamente complacido. Le gustaban los juegos de la carne. Una o dos veces lo sorprendí con la mirada clavada en la penumbra. Sonreía.

La afable Margherita, apenas cubierta de gasas y de perlas, aguardaba tras unas cortinas, en medio de la sala principal.

—El siguiente —clamó una vieja adosada a una columna.

Todo aquel episodio todavía me enferma con su perfume cargante. El azar me jugó una jugarreta. Y es que yo nunca la besé, ¿sabe? Jamás tuve entre mis manos su rostro delicado. Fue el mío un destino singular. Y es que quizás yo sea, ni más ni menos que el único hombre del sur de Austria que no poseyó, en aquel invierno de 1609, el cuerpo blanco de la princesa Margherita.

Era una mujer fuerte y delicada al mismo tiempo. Me diejron que se entregaba a cada uno de los villanos, de los señores, con delicia. A todos con igual solicitud.

—Si necesitan de mí, no tienen más que llamarme, ya lo saben —decía Giulio, apartando la cortina y bendiciendo con sus manos la espalda de jinete de su hermana, ansioso de participar en cuerpo y alma.

No se sorprenderá si le digo que aquella noche transcurrió morosa. Al final, cuando el alba despuntaba entre los montes, y ya no quedaban más clientes a las puertas, Giulio suspiró y batió palmas bostezando. Las cuentas eran buenas. Habían reunido 1200 ducados.

Margherita, satisfecha, se sonrojó como una flor. Giulio entretanto bromeaba:

—*Buon lavoro, amore mio.*

# X

RECUERDO LA IMAGEN: GIULIO, SENTADO SOBRE UNA mesa de cedro del Líbano, entre torres de tesauros y compendios, trataba de descifrar el manuscrito. Las torpes manos recorrían una a una las letras oscuras.

Su hermana Margherita bordaba a su lado mansamente. Levantando los ojos de su labor, me dedicó una sonrisa adorable. Curiosamente, me pareció entonces aún más cándida.

Yo pensaba: «Éste debe ser el manuscrito del que hablaban los rabinos, el manuscrito que mi padre no consiguió descifrar, la receta de la vida eterna que salvará de la extinción al mundo».

Estuvieron así largas horas. Margherita bordando, Giulio inmerso en el libro nuevo.

Pero todos los vasos se derraman, las paciencias se agotan, las mentes se desvelan. Y, a la hora cuarta, Giulio, desesperado, se precipitó sobre el haz de ilustraciones y símbolos abstrusos y empezó a lamer las páginas, a llenarlas de saliva como si fuesen senos.

Y empezó a gritar con un tono de voz que me heló la sangre en las venas:

«No existe código. No es verdad que exista un código. ¿Me oyes Kelley, rata inmunda?»

Nadie sin embargo se atrevió a hacerle caso.

Y Giulio siguió gritando durante toda la noche hasta que cayó exhausto.

## XI

YA NADA NOS RETENÍA EN AQUEL AGUJERO PERO ENCONTRÉ a Kelley borracho en el único figón de Gratz. Llevaba en sus brazos a un enano disfrazado.

—Kelley, debemos irnos —le dije.

—Claro —contestó desde su regazo el enano que reía.

Al día siguiente, Kelley durmió la mona hasta bien entrada la tarde. Paseé por el jardín y comí solo en el gran comedor desnudo.

Margherita estaba en Wildon y el príncipe había salido a cazar muy de mañana —me dijeron—.

Pasé la tarde leyendo en un rincón hasta que lo vi llegar. Venía cubierto con la sangre de dos osos. El sol rodaba como un naranja por el horizonte y el palacio entero apestó entonces más a muerte.

# XII

AQUELLA NOCHE GIULIO SE EMBRIAGÓ JUNTO A MÍ. EN la mesa de la cena, tras despojarse de sus vestidos, entre grandes aspavientos, amenazó con hundirse la espada en el pecho.

Los otros parecían cansados e hicieron caso omiso, como si aquel drama no fuera de su incumbencia. Yo, en cambio, traté de detenerlo.

Giulio gritaba. Tenía los ojos enrojecidos y los párpados hinchados. Sus labios temblaban como amebas zaheridas.

—Mi madre ha muerto. ¿Acaso no lo saben? Catalina ha muerto. Sépanlo todos. Así cuida nuestro padre de su amante.

Y después, hubo como un entreacto magistral y se hizo el silencio. Y Margherita, en un aparte que pareció estudiado, conteniendo el llanto, se levantó precipitadamente y corrió a encerrarse en sus habitaciones.

Quedamos Kelley y yo frente al príncipe loco.

# XIII

A VECES ME PREGUNTAN QUE OCURRIÓ ENTONCES Y YO digo que cuando Kelley se negó a rellenar su copa, Giulio empezó a golpear la mesa y a arrojar la cristalería y la vajilla contra el suelo. Recuerdo que su rostro estaba amoratado como una fruta. El aire no parecía llegar a sus pulmones. Daba lástima.

Y, a la sazón, las lágrimas empezaron a rodar por sus mejillas. Se dirigió a Kelley y, de nuevo, parecía un niño, esta vez terco e indefenso:

—Me juraste que el manuscrito me hablaría. Y no lo ha hecho.

Recuerdo que alrededor de la mesa los criados sordomudos se apresuraban a retirar las viandas. La discusión empezó a subir de tono. Yo empezaba a sentirme disgustado. Pero Kelley me retuvo diciéndome.

—Espera, quiero que escuches lo que he de decir. Para que nadie se vea llamado a engaño.

Se volvió hacia Giulio y le habló lentamente. Parecía complacerse en cada inflexión, en cada meandro de su propia meliflua voz malvada.

—Quiero que sepa, excelencia, que jamás le devolve-
ré los mil ducados.

Parecía amenazarlo:

—Le interesa tenerme de su parte.

Y entonces don Giulio acorralado, se volvió hacia mí
y me dijo:

— Y tú, ¿acaso no eres tú el Adversario? Y si eres Jeza-
bel, ¿por qué no me socorres?

# XIV

EMPECÉ A BUSCAR ALGUNA MANERA DE HACERME CON el manuscrito y escapar.
Supe que Don Giulio salía con frecuencia a buscar diversión por las inmediaciones. Jugaba a los dados y se emborrachaban hasta caer rendido en las tabernas. Enamoriscaba a las prostitutas y violaba a las chiquillas de los labradores ricos.

Me dijeron que esta vez se había encaprichado por la hija de un molinero. De todos era sabido que le gustaban las vírgenes plebeyas.
Primero había tratado de cautivar a la niña, prometiéndole riquezas y perfumes, una yegua baya, una goleta... Le dijo que daría una fiesta en su honor en el palacio de su padre que lo amaba.
Pero ella, que tenía tan solo trece años, leía en su rostro la concupiscencia y el engaño, y escapaba siempre. Era como una nota rubia enredándose sobre los sembrados blancos mientras él descabalgaba y la seguía.
—Te amo, ¿no lo entiendes?, te amo —se desgañitaba él en medio de la tarde dorada de marzo.

Y los cuervos dibujaban arpegios negros sobre los surcos colmatados y voraces

# XV

A MÍ, MIENTRAS TANTO, CADA VEZ ME RESULTABA MÁS difícil soportar a Edward Kelley. Ya no ocupábamos los aposentos honorables del principio. Ahora dormíamos juntos en dos jergones cerca de la cocina.

Todo el cuerpo de Kelley desprendía un hedor subterráneo y muy ácido. Era cada vez más sucio y malhablado. Y sus planes se me escapaban por completo.

Muy a menudo reía en sueños. Una noche me despertó golpeándome. Tenía el rostro muy cerca del mío, desdentado, amarillento. Me dijo:

—¿Sabes que es lo más gracioso de todo? Que el manuscrito es falso. A Dee y a mí sólo nos llevó quince días fabricarlo. Disponíamos de buenos pigmentos, de hermosas tintas y dijimos: «Escribiremos un manual ilegible de teología, y un breviario, y un atlas y un herbario y un libro sagrado. Y diremos que proviene de la biblioteca del canónigo Bacon». Yo dibujaba bien: ruedas astrológicas, vegetales esotéricos, mujerzuelas desnudas... Y Dee me dijo: «Verás como el bobo del emperador pica».

Se reía. Yo pensaba en los sueños de Rodolfo y en los temores del gueto y en los gemidos de Margherita vendiendo sus favores a cualquiera.

# XVI

DURANTE SEMANAS, GIULIO SE OLVIDÓ DEL MANUSCRITO y de la molinera y todos en el pueblo respiraron. Pero, de pronto, el monstruo negro y el anhelo negro regresaron y Giulio volvió a sentir renovados sus indecentes deseos.

Apenas dormía y dejó de comer. Bebía jarras de vino que se derramaban a raudales por su cuello. Rondaba por los caminos jadeante. Descabalgaba en las encrucijadas y mataba a golpes a los perros vagabundos.

Y una tarde de invierno, llamó a la puerta del molino y, tras encomendarse a las fuerzas de lo oscuro, se llevó por fuerza a la muchacha. Dijeron que el padre y la madre habían suplicado vanamente. Que habían ofrecido a Giulio su hacienda a cambio de la honra de su nombre.

Pero Giulio sólo supo amenazarlos con la condena por deudas, con la ruina, con la muerte. La madre lloraba y el padre apretaba los puños dentro del abrigo.

Y la madre pidió entonces a Dios que, puesto que no había otra salida, el encaprichamiento del príncipe fuese duradero. Y aquella misma noche se durmió soñando con trajes lujosos, manjares principescos... Soñó incluso que su

hija se casaba en Santa María de Thyn y se convertía en empe-
ratriz de todos los checos.

Pero no todo sueño se convierte en realidad.

# XVII

SE LA LLEVÓ SOBRE UN CABALLO ALAZÁN, COMO EN LOS cuentos. En palacio les esperaba una mesa llena de manjares. Manjares de todos los colores que dicen cómeme en lechos de porcelana y soletilla.

Yo estaba allí para verlos llegar. Kelley, a mi lado, bostezaba.

La jovencita era deliciosa. De una dulzura que sólo se da en los montes del norte. Nos saludó de uno en uno sujetándose el largo pelo con la mano libre, preocupada por lo sencillo de su indumentaria. Se ruborizaba y tenía los pequeños incisivos muy blancos, como perlas.

Petra trató de ser amable. Pronunciaba con mucho cuidado cada frase, redondeaba las eses y las cetas, como si fuesen sólidas, disimulaba con gracia su acento campesino. No sé por qué pero me pareció que había aceptado su suerte.

Después de cenar, Margherita la tomó de la mano y la besó en la cara. Caminando por los corredores alfombrados parecían dos niñas inocentes.

Margherita la condujo a sus aposentos y la vistió para su hermano.

—Tienes que estar hermosa para él —le dijo.

# XVIII

AÚN AHORA NO PUEDO COMPRENDER LO QUE OCURRIÓ, sólo sé que aquella noche en el palacio reinaba un silencio sepulcral. No se escucharon gritos ni batallas. Pero, cuando abrieron los aposentos de mañana, los sirvientes sordomudos enloquecieron y empezaron a golpearse contra las paredes del pasillo y salieron a los jardines para llenarse de tierra los ojos y las bocas. Un olor agrio empezó a invadir las estancias, olor a cacería, a podredumbre. A gusanos.

Habían encontrado a la chiquilla despedazada, la estancia llena de bazofia, los muros salpicados de sangre. Y Giulio, con su daga descubierta, sentado en un rincón de la estancia, canturreaba una canción muy triste que decía:

*Sobre la colina de Gratz luce una manzana que es la luna.*

# XIX

PERO YO SUPE, EN AQUEL MOMENTO, LO QUE DEBÍA DE hacer. Fue de pronto como si mi cabeza recluida en una campana de cristal quedase libre.

«Si no soy el asesino de Rodolfo, soy el salvador de Rodolfo», me dije.

Haciendo de tripas corazón, en medio del desorden, me abrí camino entre las plañideras, entre los soldados de la guardia imperial, penetré de puntillas en el cuarto del tesoro de Venusberg y robé el rebeque con el manuscrito falso e ilegible. Kelley había desaparecido.

Me disponía ya a salir al patio cuando el desorejado surgió de la nada. Tenía el rostro oscurecido por el odio:

—¿Adónde te crees que vas, jovencito? —me dijo interponiéndose.

—Me voy de este lugar.

—¿Por qué? —sonreía maléficamente—. ¿Acaso no te gusta el olor a sangre fresca?

Yo trataba de contener las arcadas. Kelley traía las manos de color púrpura.

—Creí que te complacía la textura de las vísceras, el olor a carne y a desechos…

Titubeé. Empezaba a sentir un horror sordo como un grito encastrado en mi garganta, se me pasó por la cabeza que quizás Kelley tuviese algo que ver con los crímenes del Hradschin.

Contemplé sus manos de refilón: eran largas y nudosas, con largas uñas afiladas como garras. Instrumentos ideales para vaciar cuencas.

—Basta ya, Kelley —le dije—. Te ayudé porque me dabas lástima. Pero aquí y ahora se separan nuestras sendas.

—¿Lástima? ¿Que yo te doy lástima a ti? Déjame que me ría.

Kelley se mesaba los cabellos largos y revueltos. Las ergástulas peludas me saludaron desde ambos lados de su cráneo.

—Lo más gracioso es que te crees el salvador del mundo y no eres más que un imbécil.

# XX

GALOPANDO A TRAVÉS DE LOS CAMPOS LLENOS DE nieve, pensaba en mi padre, preso en la fosa dorada pero, ante todo, pensaba en el buen Rodolfo, precipitado por los hados en el más profundo Nigredo.

Cabalgué durante largos días con sus noches. Cerca de Bratislava me uní a una procesión de protestantes. Deseaba rezar. Los Moravos amamos la letra, creemos que la letra es la salvación de los pecados. Amamos las Escrituras, la Escritura.

En la iglesia de la Magdalena se celebraba una misa de nuestro rito. Abrí la bolsa de cuero y extraje con reverencia el manuscrito. El manuscrito falso era muy hermoso. Me extrañó encontrar belleza en la mentira. Dios construye significados nuevos sobre las mezquindades humanas, adorna con perfección sublime la imperfección, la vaciedad y el embuste. Sobre el pergamino, extrañas mujeres se paseaban entre válvulas. Como homúnculos. Entre planetas y flores tropicales.

Pensé:

—Si la salvación del Emperador no está aquí escrita, yo mismo la escribiré sobre la arena.

# XXI

ESTUVE VARIOS DÍAS ENCERRADO A CAL Y CANTO —PROsiguió Zounek— en casa de mi padre. Había renunciado a comer y a abrir las ventanas, para no dejar pasar la luz del sol. No quería que cesase la extraña crispación de mis sentidos. Volcado sobre aquel libro extraño enloquecía. Tenía miedo de mis propios pasos. El ruido del gueto, los chirridos de los carros de verdura, los gritos de las lavanderas y las prostitutas se me antojaban amenazantes. Me convertí en una sombra de mí mismo. Pensaba tener entre mis manos un tesoro anhelado por todos, la llave torcida de la vida eterna. Varias veces llamaron a mi puerta. Nunca abrí.

Dejé pasar el tiempo en un duermevuela febril. Dormía y volaba entre alambiques. Trataba de buscar pistas. Registré el taller de mi padre: posos del preparado alquímico, diarios con curiosas inscripciones, plantas con flores escarlatas y etiquetas que decían: «Renaceré de mis cenizas el día del Juicio».

En uno de los armarios cerrados descubrí algunos manuales de nigromancia y varios bocales llenos de agua verdinegra. En ellos tres homúnculos hacían aspavientos para llamar mi atención.

El primero estaba desnudo y se cubría la entrepierna con dos manos diminutas. El segundo iba vestido de obispo y bendecía con los ojos muy abiertos. En el tercero era una mezcla de hombre y de chivo que lloraba.

Con el manuscrito entre mis brazos, pasé largas horas contemplándolos. Pensé que quizás trataban de decirme algo. Parecían necesitar de mí. Pero en seguida me di cuenta de que sus bocas desnudas sólo formulaban palabras de socorro.

Y de todos es sabido que los homúnculos no pueden salir de su bocal. El aire los daña: es como veneno para sus pulmones. Cuando lo respiran, mueren.

Asimismo los humanos anhelamos abandonar nuestros pobres cuerpos miserables, pero cuando lo conseguimos, nada nos es permitido sino morir.

# XX

AL TERCER DÍA ABRÍ LA PUERTA DE LA CALLE. LA CIUDAD parecía sobrecogida por una gran algazara. El gentío pasaba corriendo. Se oían gritos de mujeres y canciones eslavas y el estallido de petardos en las plazas.

Supe que se había decretado indulto general a causa de la muerte de don Giulio, que las prisiones estaban siendo evacuadas. Hordas de malandrines inundaban las tabernas y se ofrecían misas por Rodolfo en cientos de altares de la vieja Praga.

Y me puse a esperar a mi padre. Me senté en un taburete viendo pasar las riadas de gente.

Supuse que llegaría enseguida.

Y así fue. Mi padre llegó, pero llegó muerto. A su paso se abrió la muchedumbre y hasta los niños se quitaron el bonete. Lo rodeaban en aquel último trance no una cohorte de ángeles, sino su particular tribu de truhanes.

Si quiere que le diga la verdad, yo apenas recordaba los nombres de sus compañeros de celda y estos se vieron obligados a presentarse de nuevo con una pequeña reverencia que se me antojó irónica:

«Bec-de-lièvre, para servirle.»

«Scotto, a sus pies.»

«El doctor Faustus, le saluda afectuosamente.»

«Y para terminar, yo soy el corpulento poeta Marlowe.»

Aquel extraño Marlowe recitó en lengua inglesa lo que parecía una plegaria. Las figuras maltrechas de los pícaros se me antojaron sacudidas por el trueno de su voz.

«*Mirror in mirror mirrored that's the show*», dijo.

«La vida no es más que un sueño soñado por un loco», repitió Faustus frotándose las manos escocidas.

Fue una ceremonia rápida y triste. Depositaron el cuerpo de mi padre —pequeño, grisáceo, diminuto— sobre el lecho. Es curioso cómo los hombres menguan de tamaño cuando mueren. Y, sin mediar palabra, se fueron, de uno en uno, sobrecogidos por el pudor, abandonándome en silencio frente a la muerte.

Sólo Marlowe permaneció junto a mí.

«Puede que simplemente no tenga adónde ir —pensé—. No en vano es extranjero.»

Recuerdo que me pareció ensimismado y triste.

Pensé que quizás tuviese hambre y le cociné algunas alubias. Saqué una botella de vino de la despensa, rellené un cuenco y se lo tendí.

Marlowe me contemplaba pensativo.

Pero luego con el vino se fue alegrando. Bebimos de nuevo y el mundo de pronto empezó a recobrar sus colores y su trazo.

Me dijo:

—Cuando regrese a mi patria escribiré una pieza donde el mar del norte bañe las costas de Bohemia.

—Ah, ¿sí? —respondí yo, siguiéndole la corriente como a los tontos.

—Sí, se llamará *Cuento de Invierno*.

# XXIII

ENTERRAMOS A MI PADRE EN UNA PEQUEÑA PARCELA cerca del cementerio judío con una cruz morava sobre la lápida. Era una cruz de aspas gruesas en forma de triángulos invertidos. Su epitafio decía.

«Soy de Dios y a Dios regreso.»

Y después, también Marlowe, el inglés, se fue.

Trataría de limosnear por los caminos hasta llegar a su patria, me dijo.

Y me dejó solo.

# XXIV

AQUELLA MISMA NOCHE LAS CALLES DE LA CIUDAD ARDÍAN en hogueras. La primavera ya estaba a las puertas y el saúco florecía por todas partes a pesar de la presencia de la muerte.

Me dejé ir y mis pasos me llevaron a través de las calles embarradas, hasta la Taberna del Campo de Armiño donde madame Niní seguía tocando la pianola, ajena al curso del mundo, donde los borrachos cantaban una y otra vez canciones sobre amores imposibles.

En una esquina, Vilano, que parecía no haberse movido de nuestra mesa, construía catedrales con monedas. Vilano el mendigo, apenas levantó la vista cuando me senté a su lado.

Me dijo:

—Te echaba de menos.

Y yo supe que mi sitio estaba allí por toda la eternidad, que quizás no me había movido nunca de mi asiento, frente a la botella de mal vino, junto a sus manos destrozadas por los sabañones, mientras la pianola tocaba y repetía la misma cantinela de tantas otras veces.

Me dijo:

—Has sido un necio.

Y después:
—Yo tengo la respuesta. No hay respuesta.

# XXV

—P ERO —DIJE YO INTERRUMPIENDO LA DICCIÓN
imperiosa de Borges—, ¿quién mató a Octavio,
quién mató a Catalina, quien mató a Makosws-
ki? ¿Va a dejar la historia sin resolver?

Borges se volvió hacia mí y me sonrió como si yo
fuese un animal en vías de extinción, como si mi candi-
dez lo conmoviese o lo admirase:

—Quizás fuese Edward Kelley o el Golem fantasma
o el buen Pistorius o el nuncio del Papa o yo mismo que,
celoso de los ojos azules de los tres, resolví arrancárselos
y privarlos de la vista, convertirlos en imágenes remotas de
mí mismo. ¿Porque acaso no soy yo el Dios oscuro de esta
fábula barroca? ¿Acaso no puedo permitirme este último
placer prohibido que es matar aunque sólo sea en sueños?
Si me quitas ese placer, poco me quedará por soñar ya en
esta vida…

Pero déjame que siga. Zounek me tira de la manga.
Tiene prisa.

# XXVI

ME DEJARON PASAR. ME ABRÍ CAMINO A TRAVÉS DE un castillo desarbolado por el duelo, haciendo caso omiso de las acusaciones que pendían sobre mí. Los ministros vestidos de negro, en un ceremonial de cuervos, planeaban traiciones y cismas y crímenes. Reinaba el desorden. Los lacayos bebían enracimados en la pinacoteca.

Llegué hasta los aposentos de Rodolfo. Lo encontré sentado sobre la cama con el vellocino de oro sobre el pecho. Vestía de luto riguroso.

Hubiese podido matarlo entonces. Aún llevaba mi daga bajo el chaleco. Pero era demasiado tarde. Rodolfo ya estaba muerto. Lo supe cuando fijé mis ojos en sus ojos acuosos y amarillos.

Al principio no me reconoció. Yo, desafiando la etiqueta, repetí:

—Traigo la respuesta. No hay respuesta.

Al verme, despidió a los efebos y a las putas. Una doncella masajeaba sus pies torturados por la hidropesía y por la gota. Mandó que se retirase:

—Tu también.

Luego me dijo:

—Todos me han abandonado. Incluso tú.

Besé aquella boca inmunda que olía a licor de menta y a hierbas mágicas.

Me dijo:

—¿Has venido para despedirte de tu dueño? —después suspiró y me aferró las manos como si aferrándose a ellas se aferrase a la vida.

—El tiempo ha llegado de rendirse a la evidencia. Mi existencia ha sido inútil. Moriré como un pordiosero abandonado de todos.

Tenía el rostro tumefacto. Pensé que su razón empezaba a vacilar.

—¿Crees que la guardia me obedecerá si les ordeno que ejecuten a esa sarta de falsos filósofos, de pintores fracasados, a esas meretrices en traje de baile, a esos alquimistas que mezclan el plomo con virutas de oro para simular milagros?

Yo le dije:

—Señor, sólo deseo que me escuche.

# XXVII

LO DESENVOLVÍ Y EL MANUSCRITO CAYÓ AL SUELO CON gran revuelo de polvo y de papeles.

Rodolfo dio un paso al frente y en su rostro se pintó algo parecido al pavor y al desprecio.

—Es una falsificación —dijo con voz vacilante—. Ni siquiera está escrito en lengua adánica, ni es obra del abate Bacon. El granuja de Dee lo utilizó para hacerme desembolsar ochocientos ducados y ese malandrín de Kelley ha perdido con él a mi propio hijo.

Las lágrimas tornaban brillantes sus ojos rojos. Supe después que empezaba a quedarse ciego.

—Y para colmo, Kepler sigue empeñado en publicar sus disparates. Esto será definitivo. Seré el hazmerreír de toda Europa. El Vaticano sublevará a la Contrarreforma contra su emperador cristiano, nos declararán la guerra, invadirán Bohemia, violarán a nuestras mujeres y a nuestros niños. Y este castillo será pasto de las hienas, como siempre he temido.

»¿Sabes? Kepler dice que la tierra gira en torno al sol y el sol gira en torno a otro sol. Y así en una infinitud de círculos concéntricos dibujados con enorme destreza. Elipses, dice él, elipses perfectas y proporcionadas. Como si Dios existiese.

—Por favor, majestad, escúcheme.

# XXVIII

Y ME SENTÉ FRENTE A ÉL, MIENTRAS RODOLFO ME contemplaba casi sin verme y recordé la voz de aquel viejo escriba que me dicta en sueños las palabras que he de decir.

«¿Quién sabe? —pensé de pronto—. Quizás este sueño se convierta en todo lo que quede de nuestra historia.»

No le dije que el fin estaba cerca, aunque las noticias del imperio eran acuciantes. Preferí callar que terminaría ciego, traicionado por todos, preso en los pasillos celados de palacio como el minotauro en el laberinto, mientras su hermano el príncipe Mathias —a la cabeza de los ejércitos traidores— ultrajaba a la hermosa Praga y la cubría de sangre y de vergüenza.

«Un emperador no debe conocer el día de su caída», pensé.

Quise hacerle saber (aunque para ello tuviese que mentir) que su existencia había sido justa. Que en el Arte y en la Palabra reside el secreto de las cosas. Que Dios estaba con él y que era perfección y certitud y verdad y vida.

Fueron mi padre y el Altísimo quienes me guiaron: recordé las lecciones que había recibido de niño y que de un tiempo a esta parte regresan a mí recitadas por una voz lejana:

«La materia es inmensa como el espacio —le dije—, no se vuelve visible y palpable más que en los agregados y en las combinaciones; en los demás casos se divide y se subdivide hasta el infinito escapando como el espíritu a nuestras prisiones y nuestros análisis.

»Hay pues dos aleph: el aleph blanco y el negro; el negro es la sombra del blanco y el blanco es la luz del negro. El espíritu se refleja en la materia y la materia sólo se muestra para revelar el espíritu. La materia es la letra del espíritu; el espíritu es pensamiento de la materia.

»Si no existiera la sombra, la luz no sería visible; si no existiera la luz, la sombra sería inapreciable e informe.

»Dios escribe en la página negra de la noche con el esplendor de los astros y en la página blanca del día con la negrura de la tierra.»

# XXIX

HABLAMOS ASÍ DURANTE LARGAS HORAS. Inventé para Rodolfo toda una historia teñida de enseñanzas de la Cábala, la historia de un libro tutelado por un Golem, arrebatado a su ciudad, y enviado al otro extremo del mundo a lomos de un caballo.

«Este ha sido siempre el destino de los Libros Secretos», contestó él asintiendo con timidez.

No sé si fue mucha mi osadía. Pero el monarca pareció complacido cuando le dije que el manuscrito nos sobreviviría a todos, que conocería los fastos de la corte de los papas, los fragores de guerras y holocaustos y que, allende el océano, dentro de muchos siglos, miles de estudiosos conectados por extrañas antenas estremecidas tratarían de descifrar durante largas noches de siglos, letra por letra, un mensaje que sólo mi emperador y yo mismo, en verdad, conoceríamos.

—¿Pero cual es, finalmente, el mensaje de este libro? —preguntó Rodolfo, contrayendo nerviosamente sus manos sarmentosas.

Me levanté buscando la palabra justa y me di cuenta de que mis calzas estaban polvorientas y raídas, que mis chanclos estaban descosidos por los bordes.

Y entonces, como por ensalmo, pensé en mi padre que se deshacía en el frío de la tumba. Recordé sus palabras: «Soy de Dios y a Dios regreso.»

Praga se contoneaba como una mala mujer bajo el sol de primavera. Asomado a la ventana a través de los espesos cortinajes, supe que la respuesta, como decía Vilano, es «no hay respuesta» y al mismo tiempo supe que la respuesta era aquella misma mañana inmaculada.

Cerca del Foso de los Ciervos, bajo el sol templado y amarillo, una niña muy pequeña, la hija de un chambelán o una criada, saltaba a la comba ajena a todo.

# XXX

RECUERDO QUE ERA PRIMAVERA. UNA PRIMAVERA COMO la que nos ocupa ahora. Dorada y escarlata y azul. El Moldava tuvo una crecida y era mayo.

Recuerdo que regresé caminando a la casa de mi padre con la sensación de haber cumplido mi destino.

Dicen que la muerte del emperador vino precedida por la de su león favorito, que la profecía de Brahe se cumplió.

Pero, eso es otra historia. Estábamos en 1609 y yo regresaba a casa. Y ¿qué cree que hice? El sol me doraba los cabellos y yo me sentía por primera vez ligero, ¡un hombre libre!

Dejé mis cosas en el umbral y volví a salir corriendo.

Fui al Albergue del Campo de Armiño donde, a aquellas horas, ya los clientes empezaban a pedir jarras de cerveza y vino con jarabe.

En nuestra mesa, Vilano terminaba una catedral de céntimos.

Me senté a su lado. Encendió su pequeña pipa de barro y dio una chupada.

Le dije:

—Tenías razón. La respuesta es no hay respuesta.

Aquella misma noche saqué a la pequeña Anuska a bailar y le prometí que le regalaría un par de zuecos. Creo que tardé varias noches en besarla.

Nos casamos no mucho después. Y tuvimos varios niños muy hermosos, todos varones.

Ella murió hace ya diez años (también mis hijos murieron, las guerras no perdonan). Pero, créame, tuvimos una larga y próspera vida juntos. Mi pequeña Anuska. Cuánto la amé.

En 1610, tras la muerte de Rodolfo, Pistorius vino a verme al taller. Había envejecido y estaba más delgado. Yo me había puesto gordo y ya no era un niño.

Había continuado con el negocio de zapatero de mi padre y no podía quejarme, gracias al cielo.

Pistorius me dijo que el emperador se había acordado de mí en su testamento.

Me entregó este anillo de oro con un zafiro. Puede verlo, lo llevo siempre puesto. Tiene una inscripción dentro que dice:

«Renaceré de mis cenizas.»

¿No es hermoso?

# POSTSCRIPTUM

Y A ERA DE NOCHE. BORGES CABECEABA. COMO ZOUNEK, como Marci, como yo mismo. Me levanté sin hacer ruido y atravesé la sala de puntillas. Recogí la manta de viaje que había caído al suelo y la extendí con premura sobre las rodillas del anciano. Su mano derecha se agitaba como si estuviese escribiendo.

Eran más de las doce. Me picaban los ojos y la garganta. Necesitaba tomar el aire de la noche. Regresaría a casa caminando. Quizás mañana volviese para pasar el texto a limpio.

Entonces recité en voz muy baja un poema de Robert Frost, uno de los favoritos del maestro:

*Los bosques son hermosos, oscuros y profundos.*
*Pero tengo promesas que cumplir*
*Y millas por hacer antes de dormir*
*Y millas por hacer antes de dormir.*

Entonces, Borges me llamó entre susurros como si tramase una última travesura endemoniada. Me pareció que sonreía cuando dijo:

—Chico, no lo entiendes.

—Dígame.

—Es para ti.

—¿Cómo dice?

Hizo un ademán muy débil

—Mete las hojas en tu mochila antes de que María o Fanny se den cuenta.

—Pero...

—Te regalo esta novela. Es demasiado tarde para cambiar de género y los críticos me despedazarán, haga lo que haga. Además creo que será una mala novela, ¿no te parece?

Hice como me dijo, cogí el manuscrito y lo guardé en mi vieja mochila militar.

Cuando ya me retiraba, creí escuchar la campanilla del maestro y este cuchicheo melodioso:

—Fanny, tráigame las pantuflas y métame en la cama. Es medianoche.

Blanca Riestra
Madrid-Roma-Madrid (2002-2004)

# AGRADECIMIENTOS

E L ORIGEN DE ESTE LIBRO HA DE BUSCARSE EN UN fortuito viaje a Praga en noviembre de 2002 por encargo de un conocido dominical madrileño.

Mi imagen de Rodolfo II, aquel emperador antojadizo, es, en gran parte, deudora, de las intuiciones de Angelo María Rippellino, en *Praga mágica*, gentileza de Paco Carreño, pero también de textos biográficos como el clásico de Philippe Erlanger que me facilitó Nacho García Garzón.

Además, gracias a la generosidad de Óscar Oliveira, mi proveedor oficial de libros, pude acceder a las obras de Kepler y releer completamente a Borges. He utilizado todas estas fuentes sin cortapisas.

Quiero agradecer a Guillermo Schavelzon sus pertinentes indicaciones sobre la construcción del personaje del escritor-demiurgo. Para este menester, me resultaron de gran utilidad las conferencias de Borges recogidas en *Arte poética*, de dónde provienen multitud de recuerdos y opiniones borgianos, que curiosamente yo ya había, en muchos casos, presentado, o quizás que había leído y olvidado.

Me encantó confirmar que Borges amaba a Keats, que había sido profesor invitado en una universidad de Boston en fechas similares a las que yo le adjudiqué.

Miguel Ángel Matellanes me facilitó *in extremis* el estupendo libro de Alberto Mangel, *Con Borges*. Allí, confirmé que su ama de llaves en la vida real también se llamaba Fanny.

Mi deuda con textos sobre la alquimia y sobre la Cábala es indudable. Del clásico de Eliphas Levi que me facilitó Fernando García Calderón extraje el texto sobre el Aleph, citado en uno de los capítulos finales. Me gusta que el Aleph cabalístico difiera del Aleph borgiano, ese punto donde confluye todo el universo.

La cita de Yeats (¿O era Keats?), «*Mirror in mirror mirrored, that's the show*», es un hallazgo de Luis Manuel Ruiz que me la prestó para otros menesteres. No pude evitar colgársela de la boca, arbitrariamente, a Cristopher Marlowe. La literatura, al fin y al cabo, es puro juego.

No en vano, en un determinado momento, Marlowe anuncia la escritura de una pieza teatral donde Bohemia se abrirá a la mar. Esa obra existe. Se trata de *Cuento de Invierno* de William Shakespeare.

No es casualidad que este libro fuese rematado con ayuda de una beca Valle-Inclán en la Academia de España en Roma. Nunca olvidé que Giordano Bruno fue ajusticiado en Campo de Fiori y que, hasta hace sólo un siglo, Atanasius Kircher tuvo en Roma su propio gabinete de maravillas.

Roma fue un poco Praga para mí.

Y es que, como dijo Quevedo, «Buscas en Roma a Roma, ¡oh peregrino! Y en Roma misma a Roma no la hallas».

Gracias a Rèdouane, siempre.